「三ヵ月連絡がなかったら、俺のことは忘れろ」

「忘れられないよ…一生…忘れるなんて無理だ」

「そんなこと言うから…犯したくなる」

　将英は志宣の体をプールの縁に押しつけた。体が軽くなっているのをいいことに、そのまま両足を抱えて持ち上げてしまう。

イラスト／ライトグラフⅡ

牡丹《ぼたん》を抱いて

剛しいら

HYPER H

ライオンは寝ている。

猫科のこの野獣は、狩りをしている精悍な姿ばかりが目立つが、本当は一日の大半をのんびりと寝て過ごす動物なのだ。ましてや飼われていて、狩りなど必要ない身となったら尚更だ。

シーザーという皇帝と同じ名前を持つこのライオンは、要塞のような邸宅の温室で飼われている。ライオンはよく水を飲む動物だが、温室の中にはプールが作られていて、そこから小川のようにしつらえた水路にくまなく水が流れていた。

温室にいるのはライオンだけではない。南方にいる羽の綺麗な鳥が十数羽、植えられた木々の枝にまるで置物のようにして羽を休めている。

飢えないライオンは、そんな鳥達を狙うことはない。それよりも残り少ない生が少しでも長引くように、安楽な眠りを貪りたいのだ。

「お昼寝かシーザー。朝寝に昼寝に夜寝と、一日のほとんど寝てるんだ。いいご身分だな」

温室に入ってきた男は、ライオンを恐れるどころか、近づいていってその見事な鬣《たてがみ》をわしゃわしゃと掻きむしった。

シーザーは目を細めて、ゴロゴロと猫のように喉を鳴らす。いや、ゴロゴロというより、ゴーゴーと響く音だった。

「サバンナの夢を見たくても、お前はサバンナを知らないんだものな。サーカス時代の夢なら見るか？　炎の輪潜り、調教師の鞭。あんまりいい思い出ばかりじゃねぇな」

金に近い被毛を持つシーザーに抱き付いているのは、ライオンの鬣のように乱れた真っ黒な髪の男だ。

完戸《ししど》将英《しょうえい》。青年期のほとんどを、右翼の大物、東雲叡山《しののめえいざん》の開校した私塾、東雲塾で過ごした。

父親は巨大な娯楽施設を幾つも持つ、『日本園』グループの真島信輔《まじましんすけ》だ。

将英はその真島が、神楽坂の芸者に生ませた庶子だが、生後ほどなくして東雲叡山、本名・完戸栄三《えいぞう》に養子に出された。

養父の東雲はすでに亡くなっている。将英に残された遺産は、決して表に出ないかなりの金と裏の人脈、数軒の家、そして日本を愛する愛国心だ。

将英はライオンのように精悍な風貌をしていて、体つきもがっしりと逞しい、荒々しい雰囲気の男だったが、その目は澄んでいて美しかった。

「泳ぐか」

着ていた黒のTシャツとジーンズを脱ぎ捨てると、将英は水着も着けずに、素っ裸でプールに飛び込んだ。その体は三十三歳という年齢を感じさせない若々しさだが、よく見ると手足には細かな傷跡が無数ついている。

そして背中には、見事な唐獅子の刺青が彫られていた。

刺青は二十七の時に入れた。自分の身辺がいよいよ危なくなってきて、万が一首無し死体となった時に、いち早く気がついてもらうためだ。それだけではない。将英は刺青を彫ることによって堅気の世界と決別し、暗黒の世界を自分の住処としたのだ。

「命は…たった一つか。無駄に出来ねぇな」

ゆっくりとプールの水をかき分けて泳ぎながら、将英は唐獅子の刺青に付きものの牡丹を、どうして彫り込まなかったかを思い出す。

いつか命を捧げてもいいような最愛の相手が現れたら、その腕に牡丹を彫らせる。将英の体をその腕がそっと抱く時、刺青は完成するのだ。

そう願って、あえて牡丹は入れなかったが、今は少し後悔している。

牡丹を彫らせるのが難しい相手に、本気で惚れてしまったからだ。

あろうことか相手は警察官。しかも『日本園』グループの中心的施設、『日本園遊園地』がある水道橋地区を担当する刑事だった。

和倉葉志宣《わくらばしのぶ》、将英より四つ年下のその男ともし出会わなかったら、将英は今も自分の牡丹を捜して流離《さすら》っていただろうか。

それともこの世に未練が何もないから、無茶なことをしてあっさりと命を落としていたかもしれない。

「一年か…」

去年の夏の終わりに出会った。それから一年近く、つかず離れず関係は続いている。だが志宣のおかげで、将英は初めて怖さを知った。

失うことの怖さだ。

しがらみはすべて切って生きてきた。実の父親とは他人同然だ。ただ利害だけで繋がっている。母親は産んでくれた人というだけで、記憶にある限りでは一度も会ったことがない。

もし将英にとって家族と呼べるものがあったら、それは東雲塾で共に暮らした同朋《どうほう》だけだろう。彼らを失うことは怖くない。なぜなら思想や信念のために命を捨てることは、塾生にとっては当たり前のことだったからだ。

いつでも死ぬ覚悟でいる彼らにしてやれることは、その骨を拾って埋葬してやることだ。身内がいるようなら、いくらかの金を供養代として渡す。それだけの約束でも、塾生は同朋のためなら平気で命も落とした。

だが志宣は違う。

巨大企業、和倉葉グループの会長が、秘書だった愛人に産ませたのが志宣だ。驚くほど将英と出生は似ているが、それから後は全く違った。

母親に大切に育てられ、別棟とはいえ父親の家でずっと暮らしている。

二十代の前半を海外で暮らしたところは同じでも、帰国後、志宣は警察官になった。闇に紛れて狩りをする将英とは違う、太陽に照らされて歩く男だ。

そんな男が自分のために命を落としたらと思うと、将英は時折、このまま二度と志宣に会わないほうがいいのではないかと思ってしまう。

だが出来ない。

会えば抱いてしまう。抱けば愛しさが増し、また会いたいと思ってしまうのだ。

鳥達の囀《さえず》りが止んだ。シーザーがのっそりと体を起こし、入り口に向かって歩いていく。入り口は頑丈な金網の張られた二重ドアになっていて、シーザーが勝手にドアを破って出て行かないように工夫されている。

温室内を掃除する時はシーザーも檻に入れられるが、それ以外はほとんど放し飼いだ。そんな温室に入って来る勇気のある者は、将英以外にはただ一人だった。

「エディ、ありがとう」

爽やかな声がして、入り口の鍵が開かれた。ほっそりとした美しい男の姿が見えると、シーザーは犬のように親しげに近づき、猫のように体をこすりつけた。

「シーザー、元気だった？　背中の毛が抜けてるね。ストレスで壁にこすりつけたせいじゃないといいが」

優しい声にシーザーはゴーゴーと喉を鳴らす。すると鳥達も安心したのか、再び囀りだした。

「約束してたか?」

泳ぎながら将英は、たいして興味もないように冷たい言い方をする。けれど内心は、志宣の突然の訪問に胸を躍らせていた。

「していない。色気のない訪問ですまないが、捜査協力依頼で来た」

「冗談だろ。相手を間違えてるぜ。表向きは実業家だが、裏の顔は右翼の俺に、何を協力しろっていうんだ」

「いつものことだろ」

「面白くねぇなぁ。俺が和倉葉警部補に惚れてる弱みで、何でも警察の言いなりになると思ってやがる」

志宣はプールサイドに近づいてくると、デッキチェアに座った。

「教えて欲しいんだ。片手が義手の中国人。彼について何か知ってないか?」

「義手の男なんて、何人もいる」

「香港の出身だと聞いた。四十を少し過ぎたくらいの大柄な男」

「……教えて欲しかったら、脱いでプールに入りな」

将英は全身の力を抜くと、顔を上に向けてぷかりと水に浮く。

「プールに入ったら、教えてくれるんだな?」

「俺が嘘をついたことがあるか…」

「ないとは言えないね」

それでも志宣は、着ていた仕事用のスーツを脱ぎだしていた。

「俺の…牡丹…」

聞こえないほどの小さな囁き声で、将英は呟く。

志宣の体に牡丹の刺青はない。男にしては色白だが、綺麗な肌をしていた。

「思ったより温かいんだな」

ゆっくりとプールに入ってきた志宣は、巧みなクロールで泳ぎ出す。そんなに長さのあるプールではないので、すぐに折り返さないといけなかった。

プールの中程で、ついに将英は志宣を捕まえた。

「まだ泳ぎだしたばかりだよ」

優しく微笑む志宣を、将英はそのまま抱き寄せて唇を重ねた。

志宣の腕が、将英の背中に回される。そしてシーザーを可愛がるように、背中の唐獅子を愛撫した。

「久しぶりだ。また消えてたね」

唇が離れると、志宣は心配そうに訊く。

「消えたんじゃない。ちょっと旅行に出掛けてただけさ」

「何しに？」

「観光。それも仕事だ」

実際はラスベガスに行っていた。真島の野望である、カジノ建設のための視察だ。

安全でサービスが行き届き、衛生面もしっかりしている日本で、ラスベガスのような国際級のカジノが開設されたらどうなるか。

賑わうのは分かり切っている。そのため、アジアでカジノを経営する連中は、裏の組織を使ってでも、真島の手足となって動いている将英の命を狙っていた。

「いつも黙っていなくなるんだな」

「だが、必ず帰ってくるだろ」

志宣に心配をかけたくないから、行くときは言わない。帰った後に、決まって公衆電話から日本にいるとだけ連絡した。

今の将英は、自分の身を守るだけでも大変だ。そんな時、不用意に志宣が近づいてきて巻き込まれるのだけは避けたい。

「いなくなってもしばらく気付かない。手遅れになったら、どうやって捜したらいいんだ」

「捜さなくていい…」

連絡が途絶えて何年かして、背中に刺青のある日本人らしき遺体のニュースが伝わったら、それだけで将英は充分だと思っていた。

「三ヵ月連絡がなかったら、俺のことは忘れろ」

「忘れられないよ…一生…忘れるなんて無理だ」

「そんなこと言うから…犯したくなる」

将英は志宣の体をプールの縁に押しつけた。体が軽くなっているのをいいことに、そのまま両足を抱えて持ち上げてしまう。

「久しぶりに逢えたのに、話もしないでいきなりこれか」

「久しぶりだからさ」

文句を言いながらも、志宣は将英の首に腕を回し、プールの縁に背中を預けた。

水の力を借りての不安定なセックス。それでも二人は一気に燃え上がる。

「俺がいない間、何してた」

「何も……仕事してただけだ。シーザー、可哀相に、将英がいないからストレスで背中の毛が禿げ掛かってる」

「可哀相なのは、シーザーだけじゃないだろ」

志宣の首筋に唇を押し当て甘く吸い、片手でその部分を開いていく。プールの水はゆっくりとだが流れているから、志宣の体は時々不安定に揺れた。その度に将英は、片手でしっかりと志宣の体を支えてやらないといけなかった。

「あっ…」

最初の甘い声が、志宣の口から上がった。目的の場所へと将英のものは着実に進んでいる。けれどまだ完全に奥まで入り切らなくて、時折勢い余って外に飛び出した。

「あっ、あんっ…あっ」

すぐに声が上がるのは、志宣も飢えていたからだ。

小さな波が起こって、プールの縁から水がひたひたと溢れ出る。それを近づいてきたシーザーがぴちゃぴちゃと舐めていた。

「シーザー、飲むんなら今のうちだ。もうしばらくすると、水が汚れ出す」

将英は笑いながら、さらに腰を激しく動かした。

「将英……寂しいなんて言いたくない。姿が見えないと不安だなんて、言ったらいけないけど…」

「言いたけりゃ言え。思いきり、胸のうちを曝してみせろ」

「どこにも…いかないで…」

「無理なことを…」

「あっ、ああっ、あっ」

切なげな声を出して、志宣は身を捩る。

「しっかり掴まってろ」

将英は片手で志宣のものを握りしごいてやった。

「うっ…」

志宣の体から力が抜けてくる。将英は苦笑しながら、さらに力を入れてその体を支えた。

突然、シーザーがライオンらしい咆哮を上げる。それを合図に、志宣がゆっくりと目を閉じて果てていくのが分かった。

将英のボディガードのエディは、二メートル近くある大柄な黒人だ。ドレッドヘアの陽気な男で、いつも何か歌っている。今日はカリビアンの気分らしい。腰を振って、早口で歌っていた。

まだ濡れている髪に手をやりながら、志宣は微笑んでエディを見守る。エディは両手に皿を持ち、ウェイターの役をやってくれていた。

「へーい、ステーキ。シーザーのおかげで、ミー、アンド、ユー。いつもおいしいステーキ食べられる」

そのとおりだ。将英の家のキッチンには特大冷蔵庫があって、常に牛や豚が一頭分近く保管されている。料理人は肉の一番いい部分を、この広大な家で暮らす将英と部下達のために調理した。

今夜は志宣がいるので、将英も別室で食事を摂るが、普段は彼らと一緒にダイニングで食べる。

「ライオンは魚が嫌いだ。だから普段食べられない分、外で食事する時は、魚を食べる」

将英はそう言いながら、志宣の前のグラスに血のように赤いワインを注いだ。

「プールで教えてくれるって言ったのに、答え、まだ聞いてないんだが」

「急ぐことはないだろ。それよりステーキだ」

志宣が小食だと料理人は知っているので、最上のヒレが少しだけだ。将英の皿には、大きなTボーンが載っていた。

「ここのシェフは腕がいい。将英の人選はいつも素晴らしいよ」

「そうだろ。月のうち、休みが何日もあり、給料は一流ホテルの倍だ。これで居着かないやつは少ないさ」

「食事までご馳走になるつもりはなかったのにな」

「泊まっていけとまでは言わないから、飯くらいいいじゃないか」

「そうだな」

それでも志宣は顔を曇らせる。

警察署に戻らないといけないと、焦る気持ちがあったからだ。

「義手の男は、数年前、日本に乗り込んできた王《ワン》だろう。当時は王大龍《ターロン》と名乗っていたが」

「王大龍…」

「新宿で派手に動き回っていたが、真っ向勝負でヤクザに喧嘩売って負けたんだ。手はその時に斬られてる。今の拠点は中国だ。北から大麻やシャブを仕入れて、中国本土内にばらまいてる」

「どれだけの組織力を持ってるんだろう」

「何で知りたい？」

その男が、再び日本にやってきて、将英を狙っているからだ。

そう告げたいが、情報屋による極秘事項なだけに、志宣は警察官の立場として直接口にするのが憚られた。

「当ててやろうか。王が今度は俺を狙ってるんだろ」

「……知ってるんだ……」

「ああ、知ってるさ。ラスベガスまで追ってきた。しつけぇやつらだ」

志宣の手が震えた。

ではやはり、数年前に新宿を騒然とさせた中国マフィアなのだ。しかも国際情報部によると、中国国内に潜伏していたここ数年の間に、かなり力をつけているという。

「心配するな。そんな脅し程度で、カジノは諦めない。売られた喧嘩は買ってやる。完戸将英の名前を二度と忘れられないようにしてやるさ」

「敵を増やさないでくれ。そうでなくても多いのに」

「国内にはいないぜ。日本のヤクザ連中は、カジノが出来たらうまい汁を吸えると思って、俺のガードについた。警察は…どうなんだ」

志宣はナイフとフォークを置き、ナプキンで軽く口元を拭った。

「公安はまた俺を餌にして、王をおびき寄せたいんだろ」

「……」

「正直に言え。ここにいるのはエディだけだ。やつの頭じゃ、難しい日本語は理解出来ない」

「私にも確信がないんだ。ただ一つ確かなことは、私の新しい相棒は、これまでのようなぼんやりとしたやつじゃない」

「ほう…どんなやつだ」

「警察庁から出向してきた。もしかしたら公安部かもしれない」

同僚を疑いたくはない。けれど同じ警察官でも、公安は身分を隠して独特の動きをする。

「そんな顔するな。俺との関係がばれて首になるのが怖いのか？」

食事を放棄してしまった志宣と違って、将英は旺盛な食欲を見せる。まるで飢えたライオンのように、肉を平らげていた。

「とうに気付かれてるだろう。それでも私を放置しているのは……本当は、もうここに来てはいけないのかもしれない」

警察内において、自分は将英の動きを見張るための囮なんだと、志宣はいつも疑っていた。そうでなければ、大物右翼の息子であり、後継者と目されている将英と会っているのに、注意すらされないのがおかしい。

志宣の父が警視総監と懇意だからというのは、理由にはならないだろう。

「警察が俺を敵とみなしているかは、まだ謎だ。日本競馬界の役員は大切にされてるだろ。それと同じだ。いずれは俺が作り出したカジノの金が、政治家や警察官僚トップに流れる。そう読んでれば、敵には回せない」

将英は確信のある口ぶりだ。

「一番の敵は、外から狙ってくるやつらだ。カジノの客を奪われたくない連中が、日本に対して特別の敵意を持ってる王を雇ったのさ」

「将英…」

「危ないのは志宣も同じだ。しばらくはここに来ないほうがいい」

「そうだな」

志宣は深いため息をついた。

やはり会ってはいけない。このまま関係を続けてはいけない相手なのだ。そう思っても、志宣も将英と同じように諦めきれない。

会えば抱かれてしまう。抱かれれば恋しさが増し、また会いたくなってしまうのだ。

「弱気になるな。会いたくなれば、どんなことをしてでも会いに行くから」

「ありがとう。嬉しいよ」

「嬉しいなら、もっと嬉しそうな顔をしろよ」

その時、ドアがノックされて、エディはむっとした様子で開けにいった。すると白いシェフコート姿の男が立っていた。

「おうっ、どうした。ゲストは料理を気に入ったみたいなんだが、猫並みに小食なやつでな」

将英は上機嫌で料理人に笑顔を向けた。

「気に入っていただけて大変嬉しいです。あの、お食事中失礼かと思いましたが、この後、特別なパーティでも計画されておりますでしょうか？」

「パーティ？　別に何もないが」

「今、裏に精肉業者の車が来ているんですが」

「精肉業者？」

「はい。パーティで使用するのかと思いまして。今からですと、とても一人では無理なので、知り合いを手伝いに呼ぼうかと思ったんですが」

この家の使用人はすべて身元をチェックしてある。臨時で人を入れる時も、厳しいチェックが必要だった。

それぐらい厳重にガードをしていても盲点はある。

「もう敷地内に入れたのか？」

「いえ、まだ門の外です」

「入れるな」

将英は厳しい顔をして立ちあがった。するとエディはドアを開け、へーイと別室にいる将英の部下に向かって声を掛けた。

盲点、それは出入り業者だ。将英は常に部下と共に行動するから、家には数人が滞在している。彼らの食事や身の回りの世話のために、専門の業者が出入りしていたが、そのすべての身元確認まではやりきれない。

「顔見知りのやつだったか？」

「いいえ…」

料理人の顔は蒼白になった。何があるか分からない。いつも命を狙われている将英のために、料理の材料も吟味して、もっとも安全なところから仕入れている。なのに見慣れぬ業者が来たことで、料理人にも悪い予感がしたのだろう。

すぐに隣室から、将英の腹心の部下である林《はやし》がやってきた。東雲塾の塾生だった林は、痩せた目つきの鋭い男で、全身から隠しようもないほどの殺気が立ち上っている。

「林、モニターを確認したか」

「はい。まだ動きはありません。ドライバーは車の中で待ってます」

「どうする？　入れるか？」

「いや。爆薬の可能性、ありませんか？」

「そうだな。牛肉の中に、大量の爆薬を抱かせてるかもしれない。または死んだ肉じゃなくて、生きた肉が武装して積み込まれてるかだな」

二人の会話を聞いていた志宣は、じっとしていられず思わず立ちあがっていた。

「志宣、じっとしてろ」

「職務質問しては駄目か？」

「駄目に決まってる。お前は顔を出すな」

「しかし爆薬だったら、近隣の住民にまで迷惑を掛けるだろ」

閑静な住宅地とはいえ、やはり都内だ。車は多く、こんな時間では人通りも多い。

志宣は思わず、スーツの内ポケットに隠した銃に触れた。当然、将英の部下達も銃を取りだしている。こんな現場を他の警察官に見られたら、志宣は即座に懲戒免職だろう。

そのまま全員が、この家の監視モニターのある部屋に移動した。

そこまで入ったのは志宣も初めてだ。まるで映画のセットのように、無数の監視モニターが家中の様子を映し出している。

もしかしたら自分達の情事まで監視されていたのかと、志宣は青ざめた。

林は、入り口のインターフォンに繋がっている小型マイクを手にすると、威圧するように言った。

「どこの業者だ？」

窓は開いていて、マイクに向かって話しかける運転手の顔が見えた。サングラスをかけ、帽子を目深に被っている。

『太陽精肉ですが』

確かに太陽精肉からは大量の肉を買い込んでいたが、いつも配送に来るトラックと違っていた。

「待ってろ。今、太陽精肉の担当に確認取るから」

林がそう言うと、運転手は止めていた車のエンジンをスタートさせた。そして閉まっている頑強な鉄の門に、いきなりトラックで体当たりしてきた。

「何をやろうとしている。至急、警察を呼ぶべきだ」

志宣は携帯電話を開いた。それを将英が抑えた。

「お前が連絡しなくていい。今すぐに、裏口から出て行け。エディ、牡丹をお送りしろ」

「イエス、ボス」

「駄目だ。爆発物を積んでる可能性があるんだろう。爆発物処理班を呼ぶ」

「呼ばなくていい」

そうして言い合っているうちに、運転手は運転席を飛び降りて、走って逃げ出した。

「やつを追え」

林はすでに裏口から外に出ている部下に命じた。

その合間に志宣は、携帯電話を開いて、110を押していた。

「志宣、お前の立場が悪くなる」

将英は止めようとするが無理だった。

「御茶の水署、刑事課の和倉葉です。ただいま暴走車輌が、民家の門に突っ込んでいます。爆発物、搭載の可能性あり。至急、爆発物処理班と消防車の手配をお願いします」

その電話が終わらないうちに、大音響を上げてトラックは爆発し、モニターはその爆風を受けたのか、一瞬で消えた。

署に戻った志宣を待ち受けていたのは、新しく同僚となった響亮成《ひびきりょうせい》だった。

以前に組んでいた相沢《あいざわ》は、先月、目出度《めでた》く定年退職となった。早期退職だったが、再就職先は交通安全協会で、銃も扱えないしトラブルも嫌いな相沢にとっては、むしろそちらのほうがずっと合っている。

あまり人望のない相沢だったが、昨年の『日本ドーム』襲撃事件で犯人を逮捕した実績のせいか送別会は華やかだった。

その後に志宣と組んだのが響だ。三十八歳で役職は警部だが、警察庁からの出向組だ。

警察は大きなピラミッド型の組織で、警察庁をトップに、警視庁、各県の県警察、そして所轄地区を担当する警察署と広がっていく。警察庁で警部だったら、地方では副署長くらいになってもおかしくない。

けれどそんな響のことを、他の同僚もあまりよく知らなかった。それもまた珍しいことだ。警察にも剣道、柔道、射撃などの大会がある。それに広域事件となると出向することも多いから、どこかで接点があるものだが、響を知る者はいなかった。

身長は百八十を超え、体つきのがっしりとした渋い色男だ。短髪のせいで、額に小さな傷があるのがいやでも分かってしまう。それが独特の凄みを与えていた。

「単独行動だな」

署内で志宣の帰りを待っていたのは明らかだ。響のデスクの灰皿には、綺麗好きな響には珍しく、吸い殻が何本も残っていた。

「一人で行ったのは、まずいんじゃないの？」

苦笑いを浮かべて、響はじっと志宣を見つめる。

「完戸将英のところに、何の用があったんだ？」

「……」

同僚でも気は抜けない。もしかしたら志宣を調べている、内部査察官の可能性もある。または裏で独自の捜査をしている公安の刑事だ。志宣はどう答えたらいいものか、しばらく悩んでいた。

「まぁいいさ。俺も一緒にいたことにしてやるから」

「えっ」

「相手がヤクザの場合、単独行動は癒着を疑われる。そんなことも知らないわけじゃないだろう」

響は高圧的な言い方をする。志宣のほうが年下だし、警察官としてのキャリアは短い。そういった関係から、目下に見られるのは仕方のないことだったが、人を見下したような言い方にはむっとした。

「現場にいなかったのは、一般人を怪しいと疑って、俺だけ尾行していたことにしよう。で、何時に完戸のところに入った？」

またもや志宣は返事に詰まる。

思ったより長時間になった。最初は、義手の中国人のことを聞くだけのつもりでいたのだ。会えば抱かれる。期待していなかったと言ったら嘘だ。それを待ち望んでいたから、プールで裸になった。そして抱かれて、そのまますぐに帰ることもせず、食事の接待を受けた。

本来なら、刑事としてあってはならないことだ。響が話を合わせてくれなかったら、志宣の立場はかなり微妙なものになる。

「どうして私を守ろうとしてくださるんですか?」

「守っておかないと大変だろ。完戸はやつらに命を狙われてるんだから、君としても今の担当から外されたら困る筈だ」

「そのとおりです…」

「で、何時」

「三時……いや、四時だったかな」

「三時にはもう署内にいなかった」

「……」

三時間近く、将英の元にいたことになる。プールでアダムとイブのように抱き合っていたのは、二時間にも及んだのだろうか。

「義手の中国人のことで、捜査依頼を……」

「それは分かってる。何か分かったか」

「王と名乗る、以前、新宿で騒ぎを起こした中国人だと聞きました」

「なるほど、やつは死んだんじゃなかったのか」

「知ってるんですか？」

ますます響の正体は謎めいてくる。いくら警察官でも、そうそう外国人マフィアの実情に詳しいわけではない。志宣だって昨年の『日本ドーム』襲撃事件がなければ、それほど詳しくないままだった。

「かなりの反日家だ。そうか、やつら、王大龍を雇ったのか」

志宣が何も言わないのに、響はすでにその名前を知っていた。

「金で折れる相手じゃない。完戸に、今のうちに高額な保険金に入っておけと勧めたらどうだ」

「響警部、それは警察官として、言うべき言葉ではないと思います」

「それは失礼……君にとっちゃ、特別な相手だったな」

響はにやりと笑う。

何もかも知っているんだと言われたようで、志宣の顔は引きつった。

「報告書を書く前に、俺とどう動いていたか、しっかり打ち合わせをしよう。全く成果がなかったわけじゃない。王の名前が出た。明日、新宿署に行って、過去に担当していた刑事に会おう。新しい情報が入っているかもしれない」

「本人が来ているということでしょうか？」

「ああ、やつら偽造パスポートなんて山ほど持ってる。完戸の家に爆弾を積んだトラックをぶつけるくらいだ。本人が真っ先に乗り込んできてるだろう」

将英が狙われている。なのに自分は何も出来ない。志宣は歯がゆさに、男にしては薄く形のいい唇を噛みしめた。

「今、何時だ？」

響は壁に掛かった時計を振り返る。時間はすでに十一時を過ぎていた。

あれからが大変だった。志宣が連絡したせいで消防車は早くにスタートしたが、爆発物処理班との連絡がうまくつかず、もう爆発してしまったというのに後から現れ、騒然となっている現場に拍車をかける結果になってしまった。

「和倉葉君、飯は？」

「あ、まだです」

将英の家で食事中だったとは言えない。この様子では、響は食事にも行かずにここで待っていたようだ。

「よければちょっと出ないか？　空腹も限界に近づくと、ついいらいらしちまう」

「あ、すいません。私のせいで家にも戻れず、ご家族にも心配かけてしまいましたね」

「心配？　そんな家族はいない。いたところで警察官だ。事件が起これば、帰れなくなるのは当然だろ」

「そうですね」

志宣の母は、最初のうち警察官の勤務に慣れなくて困った。留学のように、完全に他所に行ってしまった場合は心配しても無駄だと諦めもつくが、同じ都内にいて、家に戻れないというのがどうしても納得出来なかったのだろう。

家にはまめに電話を入れている。それくらいしか志宣には出来なかった。

「ご結婚はされてないんですか？」

響の年齢からいったら、結婚していても不思議ではない。訊くのは失礼かなと思ったが、志宣は思わず訊いていた。

「安心しろ。結婚していなくても、完戸と同じような趣味はしていないから」

そう言って立ちあがった響は、椅子の背に掛けてあったスーツの上着を取り、袖を通した。

「行くぞ」

「はい…」

　こんな時間でも営業している店はある。響は先頭に立って、近くのファミリーレストランへでも向かうのかと思った。ところが響は、道路に出るとタクシーに向かって手を挙げていた。

　どこへ行くのかなんて訊けない。志宣は大人しくついていった。タクシーは四谷方面に向かって走り、気がつけば神楽坂の急な坂道を上っていた。

「ここは、どういった店なんでしょうか？」

　タクシーを降りたのは、一軒の洒落た和風の料理屋の前だった。割烹と呼ぶべきか、小料理屋と呼ぶべきか、志宣にはよく分からない。

「いらっしゃいませ。こんばんわ」

　小綺麗な和服を着た美女が出迎えた。中に入ると、カウンターがずらっと続いている。その奥に個室が幾つかあり、さらに奥には二階へと続く階段もあった。

「女将さん、個室いい？」

「どうぞ。こちらに」

　美人女将は、思わず見惚れてしまうような笑顔で、二人を個室に案内した。

「こんな時間に悪いね」

「いいえ、うちは二時頃まで営業しておりますから」

　そういって個室の襖を開く。

志宣の母もよく和服を着ている。この華やいだ女将と違って、清楚な雰囲気の美人だった。二人は全く似ていない。なのに志宣は、不思議とその女将に、母と似たものを感じた。

「おビールでよろしいですか」

「いや、飯だけで。女将に出迎えて貰ったのに悪いね」

「あら、よろしいのよ。お仕事中？　でしたら秋刀魚でもいかが？　ご飯は新米ですよ」

「おっ、いいね」

響はお絞りを受け取ると、滅多に見せない笑顔を女将に向けた。

女将はにっこりと志宣に向けて微笑む。吊り上がった眦や、きらきらとした真っ黒な大きい瞳が、一瞬彼女を黒豹のように見せた。

「ここがどんな店か知ってるか？」

「いえ…」

志宣は普段は決してしないことだが、お絞りで顔を拭った。するとお絞りは黒く汚れた。爆発現場で舞い上がった煤《すす》が付着していたのだ。

「あの女性に思い当たることは？」

「いいえ」

謎かけのように響は言う。その口調で志宣にも、何となくだが女将の正体が分かったような気が

した。

「いや、ありえない。どう見てもあの人、三十代の後半にしか見えないけど」

「女は化け物さ。あれで六十近いとは、とても見えないだろ」

「将英の…」

「そうだ。真島の愛人。ここの二階は、今でも真島の秘密の打ち合わせ場所になっている」

「響警部はそんなことまでご存じなんですか?」

今度は響が黙る番だった。

気まずい沈黙を乗り切るために、志宣は出されたお茶を飲む。料理屋はお茶によって格が分かる。上流の店は、どこもお茶が旨い。この店のお茶も、例に漏れずおいしかった。

「最後にはここも狙われるんじゃないかと、俺は心配してるんだ」

「まさか、そんなところまで調べたというんですか?」

「あいつらのやり方は、日本のヤクザと違う。縁を切ったら他人なんてことは通用しない。身内を人質にとって、部下を働かせてるんだ。同じように、敵を弱らせるためなら何でも使う」

「だったら危ないのは真島さんも同じですよね?」

「真島にはもうガードがついてる」

いつの間にそんなことになっているのか。志宣は自分のようなただの刑事には、上の事情がすべて明かされないことに改めて気付いた。

「完戸も警察でガードしてやりたいが、あいつは意地を張ってるからな。警察を近づけない。それでも接点だけは残しておきたいから、君を離さないんだろう」

響の言い方だと、将英が自身の保身のために志宣との関係を続けているように聞こえた。

そんなことはあり得ない。否定したかったが、響相手にそれを口にするのは軽率だった。

「どうして私を、こんなところまで同行してくれたんでしょうか」

「少しでもやつのことを知りたいだろ。それに我々としても、真島の計画を支持する人間がいる以上、完戸を守らないといけない」

「支持する人間の有無など関係なしに、一人の民間人の命が狙われているんです。それを守るのは警察の職務じゃありませんか？」

「またそんな綺麗事を。まぁ、仕方ないか。いずれは和倉葉の跡取りだ。警察での出世なんて考えてないんだからな」

またもや嫌みな言い方をされた。

分からない。響という人間が、志宣にはどうしても分からなかった。

食事が運ばれてきた。秋刀魚の塩焼きに、里芋の煮付け。潰した梅干しとジャコを載せた冷や奴など、いかにも年配者が喜びそうなものだ。味付けも品のいい薄口で、健康に配慮しているのが窺われる。

真島は子供まで産ませた愛人に、神楽坂の一等地でそれ相応の地位を与えてやったのだろう。だが彼女は、そのために息子との幸福な生活を犠牲にしたのだ。

志宣は自分の母が、少なくとも手元で息子を育てられたのが幸せだったなと思った。それともこの女将のようにやり手の女にとっては、子供との生活よりも地位のほうが嬉しかっただろうか。

両親を知らない将英は寂しかっただろう。

強い男だから、寂しいとは決して認めない。牡のライオンは、大人になれば群れを追い出される。それと同じように、一人で生きることを強制され、血の繋がらない別の牡達と生きてきたのだ。

けれど傷ついた時、野獣にも安息は必要になる。

ライオンが安心して眠れるように、その姿を覆い隠す花に志宣はなりたかった。

「もうしばらくしたら、完戸が事情聴取で署に出頭してくる。担当したいだろ？」

「いえ、立場上、それが無理なことくらい分かっています」

「そうかな？　事情を知らないやつが担当したら、やつを留置所にぶち込むぞ。叩けばいくらでも埃が出そうだからな」

「そうでしょうか。二日の拘留期間では、難しいと思いますが。それに今回、彼は被害者です」

「あれをただの交通事故で処理するには、俺達でないと出来ないだろ」

志宣は危うく、摘んだ里芋を取り落としそうになった。

ただの事故で処理。それはどう考えても無理だ。トラックは派手に炎上した。ただガソリンに引火した程度の爆発ではない。しかも後部の荷台のほうが、損傷も炎上も激しいとなったら、事件性を疑われるのが普通だろう。

「無理ですよ」

「じゃあ、狙われてる完戸が、そのましょっぴかれてもいいのか？　検察は待ち構えてる。それとも二十一日間でもいいから、命が安全な拘置所に隠しておきたいか？」

「完戸さんを逮捕する罪状がありません」

「そんなものはいくらでも作れる。検察官の中にも、出世なんて無視して、正義感だけで動くバカがいるからな」

「何の罪があるっていうんです」

銃刀法違反は、家宅捜索をやられたらひとたまりもない。今でも個人所有の海岸際で深夜に行っている、武装訓練も引っかかるだろう。それ以外にも、違法性のある商売をやっているかもしれない。

刑務所に将英を入れる。それは一番安全なように見えて、もっとも危険なことだった。

「担当するよな？」

「……はい……」

刑事という立場で、警察署の中で将英と会うのだけは嫌だった。けれど嫌だなどと言える立場ではない。

志宣はまだ警察官だった。

東雲叡山が遺してくれたものはたくさんある。その中で、この要塞のような家は最高だと将英は思った。

合金製の特別な門は、エンジンを全開にしたトラックの進入を阻んだ。そのお陰で将英は、部下共々命拾いしたのだ。

「警察に呼ばれちまった。交通事故で処理してくれねぇかな」

焼けた門を見つめながら、将英は林に向かって言った。

「今夜は帰れそうもありませんね」

「ああ、警察じゃうまいもの食えねぇ。飯の途中で突っ込みやがって。どうせなら、後、一時間遅らせてくれたらな」

そうすれば志宣にも迷惑を掛けずに済んだ。残念なことに、志宣が現場にいたことがばれてしまっている。警察内で微妙な立場にならなければいいがと思ったが、久しぶりに逢えた嬉しさで三時間も引き留めてしまったのだ。

「やつら、本気で戦争仕掛けてきますよ。これは挑戦状みたいなもんでしょう」

「分かってる。俺がいない間、みんなにも注意するよう言っておけ。まぁ、今日は警察が一日張り付いてるだろうが」

パトカーが数台、まだ路上に停まっていた。中にいる警察官は、門の前にいる二人の様子をじっと観察している。

「それじゃ、ちょっと顔だけ出してくるわ」

「一人で危なくないですか。自分、同行しますが」

「パトカーで連れてってくれるんだ。安全だろ」

将英は煙草を銜えると、火を点けないままでパトカーに近づいていった。

「車内は禁煙？　路上で吸うとまずいだろ」

警察官は何も言わずに、後部座席を顎で示す。将英は被害者だというのに、その態度は傲慢で敵意に満ちていた。

「それじゃ失礼して」

パトカーに乗り込んだ将英は、長い足を組んで煙草に火を点け、ゆっくりと煙を吸いこんだ。

そのままパトカーは、サイレンを鳴らさずに走り出す。将英は門の前に佇む部下に軽く手を挙げてみせた。彼らの姿が見えなくなると、将英は座席に深く身を沈めて物思いに耽る。

愛国心を叩き込まれて育った。非合法でもいいから、外敵と戦い抜くよう教えられた。命を掛ける見返りに、手に入れるのは金と人脈。自分という人間が大きくなれば、裏で国を動かすことだって可能になる。

養父の東雲叡山はそれで成功しただろう。けれど時代が違う。戦後を引きずった昭和の時代も終わり、平和しか知らない人間が大半だ。愛国心が高揚するのはスポーツの試合時のみで、同じアジアの国の中でも、自国について深く憂慮することのもっとも少ない国民だろう。

将英は時折、誰にも称賛されることなく戦い続けることに、虚しさを覚える。

平和に見える日本の裏側では、少しでも豊かな国から盗もうとする諸外国の犯罪者が、様々な策を弄して略奪しているのだ。

自分達だけが肥え太ろうとするヤクザなら、何も悩むことはない。敵を潰し、自分達の利権を守ればいいだけだ。

将英は違う。守るだけではなく、自分達以外の人間にも、分け隔て無く豊かさを与えたいと願っている。

だが何が出来るだろう。結局は実父の真島の手足となって、限りなく金を生み出すカジノを建設するだけなのか。

街宣車を繰り出して、愛国心を路上で訴えても、何人の人が本物の愛国心に目覚めるだろう。そんなことより、豊かで平和であることを実感し、それを大切に守ろうとそれぞれが自覚するほうが大切だ。

思想教育なんておおげさなことをしなくても充分だ。それより日々のニュースの中、少しずつでいい。実際は日本は外敵から襲撃されている。ミサイル爆撃や機銃掃射はないが、薬物や強奪、殺人という形で、平和が浸食されている実態を知らせればいい。

　養父の遺したものは大きい。それを継承するからには、将英もさらに大きくならないといけない。そんな時、たった一人の男のために、自分の心が揺れるのを情けないと思うが、互いの心の深奥に埋もれた孤独感が、どうしても二人を引き寄せてしまうのだ。

「タクシーでも、もう少し愛想がいいぜ」

　御茶の水署についてパトカーから降りる時も、警察官は無言のままだった。将英は捨て台詞を残すと、署の入り口に向かって歩く。

「えーっと、どこに行けばいいんだ」

　入り口に入ると、将英はゆっくりと周囲を見まわす。

　ここが志宣の働く場だと思うと、特別な感慨が湧いてきた。その感慨を邪魔したのは、長身の短髪の男だった。

「完戸将英だな」

「ああ、お出迎えか？　被害者に対して、警察は冷たすぎないか？　愛想もねぇし」

「そうだな。担当の響だ。名刺、欲しいか？」

「いらねぇよと言いたいところだが…」

　将英は手を差し出す。響は将英をじっと見つめると、鼻先で笑ってその手に名刺を置いた。

「別にあんたは容疑者じゃないが、話が漏れるといろいろとまずいだろ。取調室でやろう」

「待てよ。マジックミラーのある取調室で、話した内容もすべて録画済みなんてのはやだな。本来なら刑事課のあんたが出てくる場面じゃないだろ。交通課が担当じゃないのか」

「ただの交通事故ならな」

今度は将英が、響を鼻先で笑う番だった。

二人は昔から知り合いだったかのように、笑顔でお互いを見つめ合う。しかしその目は、決して笑っていなかった。

「取調室でご対面だ」

響はそう言うと、先に歩き出す。将英はその後に従った。

二階の奥に取調室はある。ドアは開いていて、中にはすでに誰かが待っている様子だ。

どうぞというように、響はドアに手を置いて将英を通す。

中に入った将英は、急いで椅子から立ちあがった志宣を見て、眉を微かに寄せた。

「どうも」

「どうもじゃねぇだろ。何やってんだ」

座れとも言われていないのに、将英は勝手に椅子を引いて座ると、ポケットから煙草を取りだして銜えた。

「ここも禁煙なんて言うなよ」

ライターで火を点ける。すると響がドアを閉めたことで、ライターの火は微かに揺らいだ。

「響警部が、志宣の相棒か？　渋い、色男じゃねぇか」

「完戸さん。ここでは公私を分けて欲しい。私は和倉葉だ」

「公私を分けてねぇから、志宣がここにいるんだろ。取引材料にされただけじゃないのか」

将英は足を高く組み、立ったままの響を振り返った。

「録音ありか？　ありなら何も口にしないぜ」

「安心しろ。録音や録画はない」

「だったら、さっさと終わらせよう。交通課呼んでくれ。俺は事故の被害者だ。犯人を見つけ出して貰わないと、門の修理代も高くてね」

「交通課でいいのか？」

「そのつもりなんだろ。この俺が、命を狙われてますと、警察に泣きつくとでも思ったのか」

そんなことは誰も思っていないと百も承知だった。問題は志宣ではない。この響という男が、そうやって将英のために取引をしてくれることで、何を求めているかだ。

「じゃあ率直に言おう。王大龍が狙っているのは、あんたの命だけか？」

その名前が出て、将英は志宣に顔を戻した。

その名前を知りたくて、志宣はわざわざ将英の家まで来たのだ。教えてやった情報を、相棒の響が共有していてもおかしくはない。けれど内心では、あまり面白くなかった。

「どこまで情報を掴んだ。こっちはあんたに名前を教えられて、やっと王がまだ生きていたと確認した状態だ」

再度、響は訊いた。

「おそいんじゃないの。やつは中国本土で好き放題やってた。中国人がシャブ浸けになっちまったら、それは王のせいだろう。それだけじゃない。ある国から大量に偽ユーロやドルを買い取って、偽札識別能力のない国で洗濯し、大金持ちになってるってことだ」

「そんな男に狙われて、命が惜しくないのか」

「惜しいに決まってる。一つしかないんだからな。だからって逃げ隠れすると思うか。俺は東雲叡山の後継者だ。戦って死ぬ名誉を選ぶ」

「将英…あっ、完戸さん…それは駄目だ。警察を信頼して、身辺警護を」

「和倉葉さん。この世の中で、警察ほどあてにならないもんはねぇんだよ。まだヤクザと組んでるほうが安全さ」

和倉葉さん、そんな他人行儀な言い方をされて、志宣は悲しそうな顔をした。

「それよりさっさと済ませよう。さっきから腹の調子が悪くてな。トイレ、行っていい？」

「先に言えよ」

響はいきなり立ちあがった将英を見て、不機嫌そうにドアの鍵を開けた。

「悪いね。貴重な取り調べ時間を」

将英はドアを出ると、思い出したように足を止めた。

「ああ、そうだ。警察内部でも安全とは言えないんじゃないの。和倉葉さん、悪いけどトイレまでガードしてよ」

「いや……それは」

言葉に詰まる志宣に、響は行けと目顔で示した。口実を作って逃げられたらまずいと思ったのか、または響ともあろうものが、気を利かせてくれたのだろうか。

「それじゃ…」

急いで志宣は、将英の後を追って廊下に出て来た。

「トイレはあそこの突き当たりです」

「逃亡されたらどうする？　容疑者だったら、刑事がついてくるもんだろ」

「あなたは容疑者じゃない」

「分からないだろ」

将英はにやっと笑うと、深夜が近くなり、誰もいない廊下を見渡した。

「響警部はいい男だ。志宣、仕事が楽しいだろ」

「完戸さん…関係ないことばかり言わないでください」

足早に進んで将英を追い越すと、志宣はトイレのドアを自ら開いた。中は結構広くて、個室も二つある。洗面所横の窓は小さく、外から鉄格子がはまっていた。

「どうぞ。個室に窓はありませんから、そこから逃亡しようとしても無駄ですよ」

「こんなところで逃げるもんか。それより…」

将英はいきなり志宣の手を引くと、個室の中に引きずり込んでしまった。

「な、何をするんですかっ」

「しっ、声を出すな」

志宣の体を壁に押しつけると、将英は黙ったまま射るような眼差しで志宣を見つめる。

「将英…危ないんだろ。警察を信頼して、頼ってくれていいんだ」

切なげな顔で、志宣は訴える。

どんなに体を悦ばせても、高価なものを贈ったとしても、志宣から本物の笑顔は引き出せない。

二人の立場があまりにも違いすぎ、一緒にいられる時間が限られているせいだ。

いつか志宣が、心から笑ってくれるといい。

将英はそう願い、優しいキスを捧げた。

志宣の腕が、いつものように将英の体を抱く。将英は心の中で、裸の志宣の手足に彫られた牡丹が、唐獅子に絡みつく場面を思い描く。

けれど志宣を牡丹にしてしまったら、狙われる命は一つではない。二つに増えてしまうのが分かり切っているだけに、将英はつらかった。

「響はどうだ。嫁さん、いるのか」

唇が離れた途端にそんな質問で、志宣はさらに悲しげな顔になった。

「冗談はやめてくれないか。彼は同僚で相棒というだけだ。相棒は二年もすれば変わる。そんな関係じゃないし、そんな気持ちもない。おかしな嫉妬しないでくれ」

「やつは公安?」

志宣の耳元に顔を寄せ、将英は訊いた。

「分からない…」

「インターポールかもしれない」

「えっ…」

「だったら俺は、王を呼び寄せる餌だ。中国じゃ王は捕まえられない。日本で派手に動いてる時を狙ってきたんだな」

最初から守る気などないと、将英は読んだ。むしろそれより将英が殺されてくれたほうが、全力を挙げて逮捕するために動ける。

「志宣……これが片付くまで、もう会わない」

「……」

「生きてたら、また会おう」

「駄目だ。それだけは駄目だ。どこかに逃げるつもりはないんだろ。将英、お願いだから」

「しっ…最後がこんな場所ってのもな」

苦笑いを浮かべながら、将英は志宣のズボンに手を掛けた。

「あっ、こんな場所ですることじゃない」

「しばらく会えないんだぜ。せっかく響が気を利かせて、二人きりにしてくれたんだ。恥ずかしい思い出の一つに加えよう」

「だって」

「向こうむけよ」

「無理だ。誰か来る」

「誰もいねぇだろ」

将英は強引だった。志宣を無理矢理反対に向かせると、ズボンを引きずり下ろして、そこに自分のものを押し当てる。

悲しみが深すぎて、すぐに興奮するのは難しい。それでも将英は目を閉じ、自分を追い立てるようにして志宣の中に入る準備を急いだ。

「んっ…んんっ」

志宣は自分の手に唇を押し当てて声を殺す。それが刺激になって、将英は勢いを取り戻した。

何の準備もなく、いつだって心のままに志宣を犯す。それではつらいだろうに、志宣は決して文句は言わない。深く、さらに深くと入れる度に、入り口を蠢かせて呑み込むようにしてくれる。

これが志宣なりの愛し方なのだ。愛してるとか、好きだとか、そんな言葉のやりとりなどなくても、充分に気持ちは伝わってくる。

「んっ…んんっ…ぁっ」

「志宣…」

「嫌だ。将英を見失うのは嫌なんだ。いつも、そうだ。自分勝手に」

切なげな声がする。けれど顔が見えない。それが将英には、救いかもしれない。

「どうして…私を牡丹にしない。いっそ、連れていって」

「……」

愛しているからだ。これまでよりずっと深く、愛しているから出来ないのだ。

花は手折ったらいずれ枯れてしまう運命だが、地面に植えて大切に守り育てれば、毎年、美しい

花を愉しむことが出来る。

志宣は一度だけの花ではない。何度でも花開き、何年も目を愉しませる花になって欲しい。そう願えば願うほど、連れて行くのが苦しくなっていく。

「こんな気持ちで…待っているのは、嫌だ」

「大人しく待ってろ…」

将英の手が、いつものように志宣のものをまさぐり出す。けれど切ない泣き声を上げているのに、志宣のものは萎えたままだった。

何があってもいかせたい。そう思うから、将英は獣のように力強く志宣の中に何度も入っていく。

「んっ……」

「ここだろ。ここが好きなんだ」

「あっ…」

やっと志宣の体にも変化が起こり始めた。そのまま一気に攻め続ける。

あまり時間を掛けすぎると、響に疑われるのは確かだ。あるいはトイレの入り口のドアを開いて、今頃中の様子を窺っているかもしれない。

事実、そのようだ。将英の野性の勘が、そこに人がいると告げていた。どんなに気配を隠しても、将英の前では隠しきれるものではない。

「見たけりゃ、中まで入って来い」

将英の言葉に、志宣は体を硬くした。

「えっ……」

「これで最後かもしれねぇだろ。思い出作りってやつさ。ほっといてくれ」

その言葉が終わらないうちに、ふっと気配は消えた。

やはり響は、二人の様子を見守っていたのだ。

将英はまたパトカーで送り帰された。取調室で響と二人きりになると、志宣は恥ずかしさで何も言えなくなってしまう。

「前代未聞ってやつだな。警察署のトイレでね」

ぽつっと呟いた響の声には、いつもの嫌みな感じはなぜかなかった。

「そんなにいいもんなのか？」

「……」

「言いたくなければいいが、やつが狙われているからって、同情していいなりになることはない」

「同情だけではありません」

「だったら愛情か？　どんな事情でそうなったか知らないが、やめておいたほうがいい。あいつは手負いのライオンだ。いずれハンターに追われて…」

「やめてください。将英が死んだら、その犯人として王を逮捕するつもりでしょう。他にいくらだって罪状はあるのに、証拠が掴めないのは警察の怠慢じゃありませんか」

言い過ぎたと志宣は押し黙る。将英で王をおびき寄せようとしている証拠は、どこにもないのだ。なのにそう詰め寄ったところで、響がどうにかしてくれるというものではない。

「かりかりすんなよ。今からどうする？　俺は仮眠する。明日は新宿署だ」

「私は一度家に戻ります」

「すぐに戻って来ることになるぞ」

時計を見ると、すでに明け方と呼ぶのが相応しい時間になっている。寝る時間はほとんどない。

それでも志宣は、家に帰って母の姿を見ないと安心出来なかった。

「着替えたいし、風呂にも入りたいので」

「坊ちゃんは、神経質で綺麗好きか」

響はまたもや嘲笑うような口調になった。

「本当は警察官なんて向いてなかったんじゃないか。親の勧めでしょうがなくなったんだろうが、さっさとどこかの企業に再就職したほうがいい」

「いえ、親の反対を押し切って警察官になりました」

「そういえば和倉葉家の御曹司だったな」

「御曹司ではありません。母は元秘書で、日陰の身と言われるような存在でしたから」

そんなこと響はとうに知っているだろう。庶子という立場でも、親の会社に就職することもある。

だが志宣はあえてその道を選ばなかった。

父に対する意地だ。響にそれが分かるだろうか。

「失礼します。定時に出てまいりますので」

響に頭を下げると、志宣はそのまま駐車場に向かった。

署内の駐車場は狭いので、近くの民間駐車場を借りている。車はクラウンのマジェスタで、警部補の身分で乗るには相応しくない高級車だ。父から払い下げられたものだが、いちいちそんな説明をすることもないから、同僚には妬まれていた。

和倉葉家の本宅は、坂の上にある。そこには高齢な父と、母親違いの兄夫婦が住んでいた。前妻は亡くなり、志宣の母が本妻になったが、今も住まいは家庭内別居のままだ。

志宣はその本宅の前を通り抜け、坂を下りてかなり迂回する形で自分の家にたどり着く。その別宅にしても庭木は豊富で、建物も決して手狭ではなかった。

「ただいま」

玄関から入り声を掛けると、早朝だというのにすぐに母の足音が聞こえた。

心配性の母は、志宣が仕事で帰れないと眠れなくなるという。だから都内の事件の時は、出来るだけ時間を作って家に戻るようにしていた。独身なのに同僚と泊まりがけで仕事はしない。偉そうだと、それもまた非難の対象だ。

一人だけ署内で浮いている。それでも数カ国語を話せる志宣が必要なのは確かだから、退職したくなるほどのいびりは仕掛けて来ない。軽く無視するという、もっとも卑劣な手が使われた。

何度も警察を辞めようと思ったが、日本語の不自由な外国人容疑者に喜ばれると、続けたいと思ってしまう。実際に志宣の通訳のお陰で、無実を立証出来た外国人も大勢いた。

出世する必要はない。いずれ父が死に財産分与の話になったら、かなり高額の遺産を貰えるだろうし、別宅はすでに母の名義にしてあるから住む場所にも困らない。

いざとなったら通訳の仕事に就いてもいい。または海外と商取引の多い商社だったら、悦んで営業や管理部で雇ってくれるだろう。

いつでも辞められるからといって、それで志宣が警察の仕事をいい加減にやっているかというと、そんなことは決してなかった。

なのに浮いてしまうのは、多少はこの浮き世離れした性格のせいかもしれない。何しろ生まれた時から、あまり生活の苦労をしたことがなかった。父は愛人の子供に対しても公平で、学びたいと思ったことは何でもやらせてくれたのだ。

給料日前になって、同僚がランチの金にも困っている横で、志宣は持参した朱塗りの弁当箱を開いて食べている。中身はいつも豪華で、買えば数千円もしそうに見えた。

車は高級車、家は豪邸、着ているものはいつでもこざっぱりと清潔で、しかも高級感漂うスーツ姿だ。

志宣にとっては当たり前の生活が、同じ給料で家族を養い、民間の賃貸マンション生活をしている同僚から見れば、ただ羨ましいだけだろう。

なのに志宣は、まるでマリー・アントワネットのように、ランチをけちるということが考えられないのだから。

「お帰りなさい。遅かった…まぁ、もう夜が明けてるわ」

綺麗な雌の三毛猫を抱きながら、寝間着の上に薄手の羽織を引っかけただけの母は、外の明るさに驚いている。

「風呂に入れますか？　軽く食事したら、そのまままた出掛けます」

「まぁ、どうしましょ。そんなにすぐなの。眠ったのかしら？」

「仮眠は署内で出来ますから」

「そんなことでは体を壊しますよ」

猫を廊下に下ろすと、母はリビングの電気を点けた。

「ミーッ」

雌猫のみーは、その名前のとおりの声で鳴くと、志宣の足下にすり寄ってくる。

「スーツに毛が付くだろ。でも嬉しいよ」

猫の背中を撫でてやると、志宣はリビングに入った。

「しのさん、昨日は帰れないというので、気を遣ってくださったのね」

「何のことです？」

上着を脱いで、スタンド型のハンガーに掛けた。いつもは手伝いの女性がいるが、早朝なのでまだ起きていない。久しぶりに母と二人きりだなと思ったが、今の言葉が妙に引っかかった。

「おいしかったわ。どちらでお知り合いになったの。香港に留学した時のお友達かしら」

「おいしい？」

「中華の薬膳料理よ。わざわざ家にまで配達してくれてありがとう」

「薬膳料理？」

将英がしたことだろうか。あんな爆発騒ぎがあった後で、将英にそんな余裕があるとは思えない。それに将英だったら、二人で逢っている時に話すだろう。

「どんな男が配達してきたんですか？」

「あなたからっておっしゃってたわ。普通の出前用の車みたいでしたよ」

「残ってます？　それとも何かメッセージがありますか」

「ええ、そう、確かあったわ」

母は不安そうな面持ちで、一枚の綺麗なメッセージカードを手にして戻ってきた。

メッセージと呼べるようなものはない。白い紙に、金の龍が描かれている。そこに本日のお品書きと称してメニューが載っていた。

フカヒレの姿煮、スッポンと烏骨鶏のスープ、鮑の炒め物と、高価な料理がずらっと並んでいる。

けれど志宣の目は、料理のメニューとは別のものを見ていた。

龍のイラストは、どう見ても片方の前足がなかったのだ。

「戴いてはいけなかったのかしら。あなたに電話しても繋がらなくて」

「……」

取調中は電話には出られない。母から電話があったのは知っていたが、いつもたいした用事もないことが多いから、ついそのままにしてしまった。

「お母さん、体調はどうですか？」

「えっ…」

「今すぐにホテルか、または本宅に移動してください」

「どういうことなの」

雛人形のように白い母の顔が、さらに白くなったように志宣には感じられた。

「まつえさんも起こして、すぐに行きなさい。みーも連れて行って」

「しのさん……」

震えだした母の体を、志宣はぎゅっと抱き締めた。

この人から自分が生まれたとは、今ではとても信じられない。それくらい母は、小さく、頼りなく感じられた。

「落ち着いて……今、難しい事件を担当しています。毎日、帰れなくなるかもしれない。だからお父さんのところで守ってもらってください」

本宅には兄もいる。そして大学生の甥っ子達もいた。さらに父の運転手や家政婦もいる。

「お父さんには私が話します。急いで支度して」

「……危ないのね……しのさんの命が…」

「いいえ、私は大丈夫ですよ。警察にいるんですから」

母は志宣の言葉が信じられないというように、何度も小さく首を振った。

「後で病院に行ってください。残った料理があったらそのままにしておくように。警察に電話しますから、その間にまつえさんを起こして」

志宣に命じられて、母は足下もおぼつかない様子で、よろよろと歩き出した。

志宣はすぐに携帯電話を手にする。そして響に掛けた。

「響さん。大変なことになりました。自宅に…王が、いや、王からのものと思われる料理が届いてます」

電話が通じたと同時に、志宣は一気に話しだした。

「母が狙われた、いや、脅しだっていうのは分かってますが、次は脅しではすまないかもしれない。すいませんが、鑑識を呼んでいただけますでしょうか」

『おい、証拠もないのに動けないだろ』

「前足がない龍のイラストを、メニューに載せたレストランなんてありますか？　私が注文したわけでもないのに、料理が届いたんですよ」

『たまたまそんなイラストだったのかもしれない』

「いいえ、そうは思えないんですが」

その時、志宣の目は全身の毛を逆立てた猫の姿を捕らえていた。

「みー…」

玄関の鍵は閉めただろうか。

閉めた筈だ。

なのに何かがいる気配がする。

電話をしていたから気付かなかったのか。

かちりと微かな音がした。その音が何の音か、警察官である志宣には分かる。

銃の撃鉄を上げた音だ。

母がいる。何があっても母の命は守りたかった。

だから志宣は、自ら進んで音のするほうに出て行った。すると全身黒ずくめの男が三人、玄関の近くに立っていた。顔もしっかりと目だけだしたマスクで隠している。

『出ろ。大人しく従えば、家族に危害は加えない。電話をこっちに』

中国語で言われた。

志宣は黙って、男達の指示に従った。携帯電話はその場で奪われ、電源がすぐに切られてしまう。響はこれで、異常事態が起こったと知るだろう。

外に出ると、すでに夜は明けていた。鮮やかな朝焼けの空には、ピンクとオレンジの絵の具を振りかけたような雲が浮かんでいる。雀が囀り、夜のうちに作られた新鮮な空気が、風となって志宣の頬を撫でていった。

男達は銃で威嚇しながら、志宣を車へと誘導する。そして自分の車を運転しろと、志宣に顎で示した。

「キーがない」

手ぶらであることを示すと、男の中の一人がにやっと笑ってポケットからスペアキーを取りだした。

「いつの間に…」

志宣がいない時間に、家に侵入して盗んだのだ。迂闊だった。すでに彼らは、志宣が将英にとって特別な存在であることを突き止めていたのだろう。

車のナンバーが分かれば、すぐに巡回中のパトカーが車を発見してくれる。そう思ったが、志宣の考えは甘かった。

走り出して僅かで、大型トラックが待ち構えていたのだ。そして志宣は、車ごとトラックの中に連れ込まれてしまった。

『どこへ行くんだ』

トラックの扉が閉まり、真っ暗になってしまった中、志宣は自分に銃を向ける男に聞いた。

『龍のいる場所だ』

男はそれだけ答えると、マスクを外した。その顔に覚えはない。

スーツの上着を置いてきた。そのポケットに警察手帳や免許書が入っている。唯一持ってきたのは携帯電話だが、それも車のダッシュボードに仕舞われてしまった。

殺すなら、家でも殺せた。

拉致されたからには、死ぬより恐ろしいことが待っている。片手を失った龍は、ライオンのように優しくはない。

けれど志宣は、こうして自分が素直に従ったことで、母の命を救えたからいいと思った。

トラックはかなりの距離を走ったように感じた。外が全く見えないので、時間で走行距離を計るしかない。けれど万が一を考慮して、同じ場所をくるくる回って時間を稼ぐことだって出来る。どれだけ走ったかは、結局謎のままだった。

やっとトラックが停車した。荷台に積まれた車の中から引きずり出された志宣は、シャツ一枚では寒い場所、つまり首都より北に位置する場所に連れてこられたのだと悟った。

目の前にあるのは、古いホテルだ。けれどもう営業していないのは明らかで、かつては美しかっただろう池の噴水は止まり、水は濁って緑色に変色していた。

手入れもされていない木々の枝は伸び放題で、昨年からそのままなのか、変色した落ち葉が方々に降り積もっていた。

男達に示されて、志宣は中に入る。汚れた印象の外側と違って、思ったより中は綺麗だった。人が住んでいる証拠に、微かに料理の匂いが漂っている。遠くの部屋からは、微かに音楽も流れていて、時折耳慣れない異国の言葉が聞こえた。

『こっちだ』

案内されたのは、かつては大切な客を出迎えただろう応接間だ。驚いたことに、そこに置かれた家具は皆ヨーロッパのアンティークもので、かなり手入れをされた高級品だった。

カーテンは真新しい。カーペットも新品だ。このままホテルとして、営業を再開するつもりなのだろうか。

「ようこそ」

窓に向かって外を見ていた男が、ゆっくりと振り向いた。

真っ黒な髪は濡れた烏の羽のように光っていて、一本の乱れもなく丁寧に撫でつけられている。

着ているのは黒のマオカラーのスーツで、上着の裾は少し長目だった。

男の眉は濃い。その下に、人の心を一瞬にして射抜くような黒い瞳があった。

「王……大龍」

それ以外の誰が、こんな場所へ志宣を連れてくるだろう。

「私も有名になったものだ。名前を名乗る必要はないらしいな」

低い、威圧的な声は、王に相応しい。

「私に何の用ですか」

「たいした用事はない。完戸将英を招き寄せるための餌だ。獅子を生け捕るための、君は、そうだな。美しい牡鹿とでもしておこう」

やはり目的はそれだった。けれどやり方が凝っている。王はそんな演出を好む男なのだろうか。

「私なんかを餌にしても、完戸将英は寄ってきませんよ」

「そんなことはない。完戸が君に特別な感情を持っているのは調査済みだ」

「……」

自分はただの友人だと言いたかったが、どこまで調べられたのか知りようもなくて、志宣は押し黙った。

「なぜ完戸将英を」

「もう分かっていることを聞くだけ無駄だ。完戸に恨みはない。これは請け負ったビジネスだよ。もっとも私は、日本のヤクザが大嫌いだけどね」

「彼はヤクザじゃない」

ではは右翼とヤクザで、何がどれだけ違うのか。思想性の違いがあるとしても、将英だってそんなに綺麗なことばかりしているわけではなかった。

「私を使っても、彼は来ませんよ。無駄になるだけだ」

「来るさ。一人で来る。そうならなければ面白くない。これまでのは軽い脅しだ。あの程度の脅しでこそこそと隠れたりするからいけない」

では将英は隠れたのだ。そのままずっと、何の連絡も取れないままでいて欲しい。または警察に保護を求めてくれないかなと志宣は願った。

「ライオンに鞭を当て、いたぶりながら殺すのは楽しいだろうな。もしやつが来なかったら、君の美しい死体をプレゼントしてあげよう」

「どっちにしても殺すんでしょう。だったら今、ひと思いに殺してくれませんか」

「それは出来ない。苦しみは、永ければ永いほど楽しいものだよ。それに君には別の利用価値がある。警察はどこまで私のことを知っているのか、まずはそれを教えてくれ」

「話すと思うんですか？」

「話すさ」

王は背後に控える男達に命じて、志宣を無理矢理椅子に座らせた。そしてその手を、肘掛けに縛り付けてしまった。

すると白いマスクをした男が別室から現れて、志宣に近づいてきてワイシャツの袖を切り裂く。

冷たいコットンが腕を清めた時、志宣は何かを注射されるのだと知った。

「それは何です」

思った通り、続けて男が手にしたのは注射器だった。

「軍が使っている自白剤だ。君はスパイのように、自白剤に耐える訓練なんて受けていない。何でも知っていることをべらべらと喋り出すだろう」

「……」

だけど将英の隠れ家は知らない。志宣はそれだけで安心して目を閉じた。

「おかしな男だな。泣きも喚きもしないし、怖がる様子もない。そんなに強そうな男には見えないんだが」

言われて志宣は、自分があまり感情を表に出さないことに気付いた。

それと同時に、自分が死を恐れない人間であることも思い出していた。

いつも死に場所を捜していたようなところがある。

それも将英と出会ったことで、変わったと思っていたがどうだろう。

「完戸を狩った後は、和倉葉に高く売りつけようと思ったが、そんな顔をしているのを見ると、少し気が変わった」

王は志宣に近づいてくると、顎に手を添えて上を向かせる。

「もうそれほど若くはないな。だが綺麗な肌をしているし、思ったよりずっと健康そうだ。歯を抜いて、ただの性具にするのもいいが、それよりもっといい使い道がある」

「……」

「死を恐れないのは、心に闇があるからだ。その闇の中に、暗殺者の種を植えてやろうか。きっと素晴らしく成長をすると思うがな」

「……私を…暗殺者に…駄目だ…」

薬は思ったよりも早く効いてきた。志宣は耳元で鳴るのが、自分の鼓動だと気付かぬまま、いつかどっどっという音ばかり聞いていた。

牡丹だけが咲いている荒野で、シーザーが吠えている。いや、あれはシーザーではない。将英だ。

美しく気高いライオンの孤独を癒す、牡丹になりたかった。

なのに何をしているのだろう。

結局は将英の足手まといになっている。

「逃げろ……将英……」

「ほう、牡丹か」

「えっ…」

何か話しただろうか。考えるつもりが、またもや志宣は幻影の中に叩き落とされる。

悪夢は終わることなく続いていた。

庭の坂道を下って、本宅から父がやってくる。父が母に何をするか知っている。

いつか父を殺したい。

幻影の中ならそれが許されて、志宣はいつか銃を手にして、裏の木戸に手を掛けて、入ってこようとする父に向けていた。

「違う……もう許した…許した筈なんだ…」

誰をいつ許したのだ。

分からないまま、志宣はぶつぶつと独り言を呟き続けた。

「殺したいだろ。だったら引き金を引け」

王が志宣の手に銃を持たせる。

志宣は引き金を引こうとしたが、途端に銃は牡丹の花に変わってしまった。

爆発したと思ったら、牡丹の幾重にもなった花びらが、ひらひらと散っていく。その花びらは、なぜか将英の家のプールに流れ落ちていた。

牡丹が咲く荒野で、ライオンが吠えている。ライオンは飢えていて、若い牡鹿を捕らえたところだった。食べようとしてその喉もとを食いちぎったら、その姿が志宣に変わった。

「……」

将英はがばっとベッドの上に体を起こし、気持ちの悪い寝汗を拭った。

嫌な夢を見るのは、いつものベッドと違うせいなのか。

パトカーで家まで送られたが、その後、仲間と共に居場所を移動した。警察にマークされているのは知っているので、家に戻ったと見せかけて、地下の秘密の通路から外に抜け出したのだ。

とりあえず落ち着いたホテルの一室で、やっと眠ったと思ったら嫌な夢を見た。

悪い予感がする。

将英は携帯電話を取りだし、急いで志宣に掛けたが出ない。

携帯電話はいつも変える。番号を変える度に、志宣には暗号のようなメッセージをメールで送っていた。

志宣は記憶力がいい。記録を残さなくても、すぐに番号を覚えた。相手先の番号を見れば、誰から掛かってきたか気がつく筈だ。だが電源を切っているようなので、将英が掛けていることも知らないようだ。

「繋がらない……寝てるのか」

時計を見ると、十時を過ぎている。きっちりと仕事をする志宣は、余程のことがない限り、警察に行くのに遅刻するようなことはなかった。

警察に直接掛けると記録が残ってしまう。一度外に出て、遠くの公衆電話を使わないといけない。そんな面倒なことはしたくなかった将英は、何度か電話を掛け続けた。

「何があったんだ」

捜査会議中で出られないこともある。

そう思おうとしたが、不安が募ってじっとしていられない。

煙草を取りだして、口に銜えた。火を点けるまでの間に、将英は頭の中で様々な可能性について考える。

「俺の勘は、恐ろしいほど当たるからな」

それでこれまで命拾いしてきたが、さすがに今日だけは、こんな勘が外れることを期待している弱気な自分がいた。

「志宣……マナーモードって素晴らしいものがあること、知らないわけじゃないだろ」

いつもの志宣だったら、出られなくてもマナーモードに切り替えて、着信履歴を確認する。そして折り返し掛けてくるのが普通だった。

携帯電話を落としたり、忘れるなどということも、志宣の場合はあり得ない。

「何かがあったんだ」

将英は煙草に火を点けて、深く煙を吸いこんだ。

そのままじっと壁を見つめる。壁に答えが書いてあるわけではない。見えるのはただの壁紙だ。

けれど将英の心の目は、血にまみれた志宣の姿を壁に映し出す。

ついにたまりかねて将英は、脱ぎ散らかしたままの服を手にしていた。

「どこにしまった。確か、ここだったか。あったよな」

ポケットを探った。慌てていると捜しているものはなかなか見つからない。やっと出て来た一枚の名刺を見て、将英の指はすぐに携帯電話の上で動いていた。

「響警部」

『完戸だな』

「ああ」

『汚い野郎だ。どこに逃げ隠れしてる。おまえのせいで…』

「志宣がどうかしたのか」

野獣の勘は、愛する者の危機も教える。

やはりあれはただの夢ではなかったのだ。

「おいっ、黙ってないで教えろ」

『そっちにいるんだろ』

「いればあんたなんかに電話してない」

『連れて逃げたんじゃないのか』

「はっきり答えろ！　志宣に何があったんだ」

将英の手が震え始めた。滅多にあることではない。どんな場面に遭遇しても、狼狽えることなどない男だった。

そんな将英が、手だけではなく、全身を震わせている。

『自宅からいなくなった。中華料理が届いて狼狽えてた。その電話をしてる時、急に切れて』

「警察、おいっ、警察。何やってんだ。電話があった？　だったらなぜ、その場ですぐに捜しにいかない」

『車ごといなくなっていたんで、緊急配備を敷いて捜したが、見つからない。てっきりあんたが連れて逃げたのかと思っていた』

「中華だろ。悪いが俺は、志宣に中華料理を届ける趣味はねぇよ」

まだ顔も知らない王の影が、将英の心に黒く大きく広がっていった。

「そんな…ありえねぇ。王のやつ、いつ、志宣に気がついたんだ」

『隠せるもんか。俺達だって薄々気がついてる。だが誰も言わなかっただけだ』

恋は目を曇らせる。しがらみは足を引っ張る。

そう養父に教わった。

だから将英は恋もせず、結婚や同棲などとは無縁の生活をしてきた。

どうして志宣を、こうなる前に攫ってしまわなかったのだろう。攫ってしまって手元に置いておけば、何も心配することはない。

死ぬ時は一緒だ。

家族には気の毒だと思うが、それが将英の愛し方だった。

『完戸、今、どこにいる』

「言うわけにはいかない。状況だけ、もう少し詳しく教えてくれ」

『警察を舐めてるのかっ！』

突然、響は大声で叫んだ。

現職の警察官を、自宅から拉致されたのだ。悔しいに違いない。

「落ち着けよ。頼むから、教えてくれ」

警察官に頭を下げた。これも将英のこれまでの人生で、そうあることではなかった。

「助けたい。殺すなら、とうに殺してる。俺をおびき出すために連れていったんだ。そんなことは分かってる。分かってるんだ」

だから助けたい。

何があっても、志宣を取り戻したかった。

『警察に頼むより、ヤクザを頼ったらどうだ』

「現職の言うことじゃねぇな」

『餅は餅屋だ。俺達だって必死にやっているが、あいつらは犯罪のプロだ。警察って組織の動きは鈍い。もたもたしているうちに、先をいかれる』

「……思ったとおりになってよかったな。これで堂々と王が逮捕出来て、嬉しいだろ」

『犠牲者はだしたくない』

「俺なら……よかったのにな」

将英はそこで一方的に電話を切った。

ベッドに座り込み、頭を抱えた。そんなことをしたからといって、何かいい案が浮かぶわけでもない。

だが、ここはじっとして冷静にならないといけなかった。みっともなく狼狽えたら、助けられるものも助けられなくなってしまう。

「王はどこにいるんだ」

日本のどこかにいるのは確かだ。けれどこの狭い国が、一人の人間を隠すにはあまりにも広すぎた。

「林…」

将英は電話を再び開くと、もっとも信頼できる部下を呼び出す。

『どうかしましたか』

「俺のために殺されそうなやつがいたら、自分の命を捨ててでも助けるのが義だろ」

養父から教えられたことを、将英は確認する。

『はい…』

「ならいい。生きるのは一度だ。後悔はねぇや」

『何かありましたか？』

「ああ、すぐに来い」

命を失うのは怖くない。それより志宣が苦しむことのほうが、ずっと怖かった。

深紅のチャイナ服を着せられた。

そして志宣は、王の食事の相手をしている。だが別に給仕をしているのではない。ただその前に座って、一緒に食事をしているだけだ。

「どうした。食べなさい。私の料理人は天才でね。どんな国にいても、私に最高の中華料理を提供してくれるんだ」

「……記憶が、切れてる。薬のせいですね」

「ああ、しかも普通の薬じゃない。君ら警察官にとっては、天敵ともいえる麻薬だ」

「いつ……そんな薬を」

「眠っていると思うだろ。みんな夢だと思うんだ。だがあれは幻覚だ。君は起きながら、夢を見ている」

これも夢だといいと、志宣は室内を見まわして思った。

体の大きな男と、小柄な鼠みたいな男が、ドアの左右に立っている。彼らはじっと志宣を見ているが、その視線が動くことは滅多にない。瞬きすらしないかに思えた。

「もうじきゲストが来る。誰だと思う？」

王は翡翠のグラスで酒を飲みながら、にこやかに笑って志宣を見つめた。

「将英…」

志宣は人形のように、問われたことにすぐ答えてしまった。

「残念だが、あの傲慢な獅子は、もう少し苦しめたほうがいい。そのためにゲストを呼んだ」

「誰…ですか…」

「綺麗な牡丹を描く男だよ」

その時、ドアがすーっと開いた。そして両脇を黒服の男達に支えられた初老の男が、怯えた様子で入ってきた。

初老の男は目隠しをされている。その目隠しが外された瞬間、志宣の記憶は一気に蘇った。

「あなたは…」

以前、将英に真《まこと》を捧げるために、手に刺青の柄だけ描いてもらった。その時の刺青師の男だ。

「志宣が会いたがっていたから連れてきた。いいか、池上《いけがみ》さん。大人しく言うことを聞けば、命を奪ったりしないし、通常の三倍を支払おう」

酒に酔っているのか、または大麻で酔っているのか、王は上機嫌で連れられてきた男を見つめる。

刺青師は何も言わない。ヤクザを相手に商売をしているから、こんな場面の身の置き方もよく知っていた。

「この男を覚えているだろう？　去年、腕に刺青の絵を描かせた男だ」

「はい、覚えています。いずれ彫るとの約束でした」

「そうだ。約束は果たされるためにある」

王は声を上げて笑った。

「出来るだけ急いで彫ってくれ。やつがどうしても会いに来なければいけなくなるようにな」

志宣は王に対して抗議しようと思ったが、どうしても言葉が出てこない。頭の中は霞みがかかったようで、山海の珍味を並べた食卓を見ても、食欲は全く湧かなかった。

「どうした。悲しそうな顔は、志宣には似合わない」

「私はどうなるんでしょう」

「牡丹を彫ったら、次はその綺麗な歯を全部抜こう。最高の性具に仕立てて、ずっと私の側に置いてあげるよ。だが、君はあまり若くないからな。飽きたら年齢を偽って、中東の金持ちにでも売ってしまうかもしれないが」

怒れと志宣の中で声がするが、体は全く動かず、あろうことか王に向かって微笑んでいた。

死ぬのは簡単だ。それで何もかもが終わると思ってきたが、現実はそんな単純なものじゃない。

死ぬよりももっとつらいことが、この世にはあるのだ。

生きたまま死んでいく。まさにこれがその状態だろう。何をどう操作されたのか、自分の心を裏切って、体は全く言うことを聞いてくれない。このままではいずれ、王の思うままに繰られて、性具にされてしまうだろう。

「将英…」

すべての呪縛を解く呪文を口にした。すると涙が溢れてきて、志宣の頬を伝った。

「呼んでも無駄だ。どんなに強がっても、あいつはただの獅子。地上で血まみれになって獲物を漁る、獣にすぎない。だが、私は龍だ。天上を駆け抜ける、龍なんだよ」

「将英…」

「黙れっ！」

それまで上機嫌だった王は、突然怒りだし、手にしたグラスの中身を志宣の顔にぶちまけた。

酒の匂いが、一瞬、志宣の正気を呼び戻した。

どうすれば逃げられるのだろう。

ここを出ていくには、どうすればいいのか。

最悪の場合は、死ぬのは覚悟していた。むしろ死んでしまったほうが、将英の足手まといにならないで済むと思ってしまう。

「池上さん。それじゃあ、早速仕事にかかってもらおうか。この男が熱を出そうが、痛みで苦しもうが関係ない。仕事を急いでくれ」

「ですが、薬を使ってる時は駄目です。体調が万全でないと」

「そんなことは私の知ったことではない。すぐに始めろ」

「綺麗に入らないですよ。この方は、年の割りには綺麗な肌をしている。出来るなら、いい状態で彫りたいです」

王はもう聞いていない。そうと知ると、池上を連れて来た男が彼を別室へと引っ張っていってしまった。

志宣の中に希望が生まれる。

少なくとも刺青を彫られている間は、こんな薬で理性を失わずに済む。刺青は痛いと聞くが、それでも心を失うよりずっとましだった。

「獅子に寄り添う牡丹か…。完戸、私がその牡丹を花開かせて、そして踏みにじってやる。愉しみに待っていろ」

王はまたもや上機嫌になって、新しい酒を注がせた。

龍。だからどうだというのだ。飛べない龍は、本物の龍じゃない。薬漬けで頭がおかしくなった龍よりは、たかが獣にすぎない獅子のほうがずっと強い。

志宣はそう信じることで、自分を慰めた。

志宣がいなくなってから三日後に、乗っていった車は九州の海岸で発見された。警察は拉致されたのがはっきりしているというのに、自殺の線でも検討し始めている。

裏では必死に捜査しているというが、将英は響の言葉をそのまま信じられなかった。

ホテルのスイートルームでの、短い逢瀬が思い出された。

志宣と会う時は、必ず部屋には牡丹の花を用意させた。グランドピアノのある最上階の特別室、そこに志宣はこっそりと人目を避けるようにして訪れる。

食事をするのもルームサービスを利用する。部屋ではいつも二人きりだ。

「シーザーは元気？」

志宣は毎回、必ず同じ質問をした。

「ああ、元気だ」

将英も同じ返事をする。

「体の調子は？　怪我してない？」

「別に、そんなもんねぇよ」

ぶっきらぼうに答えるが、将英は自分の身を案じてくれる志宣が、愛しくてたまらなかった。

「俺が日本にいない間、何か変わったことあったか」

「オリンピック誘致の話で盛り上がってる。そのせいか、公営カジノの話は少し脇に追いやられてるよ」

「うまくオリンピックを誘致出来たら、世界中から客が集まってくるんだぜ。そんなチャンスを逃すほど、爺様達もバカじゃないだろ」

食事の時は、そんな色気のない会話ばかりしている。いつも将英は、志宣に対しては嘘偽りのない言葉を口にした。

食事が済むと、東京の夜景が一望出来るバスルームで過ごす。ジャグジーのついたバスタブに浸かり、とりとめのない話をした。

話しながら、志宣は少しずつ距離を縮めてくる。そして泡立つ湯の中で手が触れた。それだけで喜ぶなんて、まるで子供だ。だが将英にとっては、そんなことが嬉しい。

子供の頃から、人肌に触れることもなく育った。母親すら、将英を抱いてはくれなかったのだ。

志宣の男にしては細い綺麗な指が、自分のごつごつした指に絡まる瞬間、将英は生きていることの喜びを強く感じた。

修羅場を生きている。命はたった一つ、いつも失う危険に曝されていた。だからこそ生きてこうして人肌に触れる時間が貴重に感じられた。

「髪、どうにかしろよ」

「何で。正直言うとな。髪を切ってる時ってのは、隙だらけだ。それがまずい。しかも剃刀で髭を剃るだろ。あれはマジで危険だ」

「安心出来る店を探せばいい」

「あればいいけど、そんなものはない」

だから髪を切らないというのは言い訳だ。将英はじっとしているのが苦手なのだ。考える時間があると、ついいろいろなことを考えてしまう。いいことばかり考えていられるわけじゃない。つらいことを思い出すのが嫌なのだ。

髪が伸びたら、鏡の前で自分で適当に切る。それでもどうにか様になるのは、将英が髪型などに左右されないいい男だからだ。

「今度、私が切ってあげようか？」

「髭を剃るだけじゃ足りないのか？」

志宣は別れ際、決まって将英の髭を剃りたがる。丁寧に髭を剃ることのない将英だったが、他の人間がそんなことをしたがったら許さないだろう。

ホテルに備え付けの、安物の剃刀だ。それで喉を掻き切られる心配はないが、それでも不安だ。

許すのは志宣だからだ。

「髪、洗ってあげるよ」

「汚れてねぇよ。これでも毎日洗ってる」

「洗いたいんだ」

「何で」

「理由なんてない。意味もない。ただ、将英に触れていたいだけじゃいけないか」

どんな甘い愛の言葉よりも、そんなつまらない言葉が将英の胸に響いた。

バスタブに浸かったまま、将英はじっとしている。志宣はバスタオルを腰に巻いた姿で、バスタブの縁に腰掛けた。そしてバスタブの横に付属しているシャワーを引き寄せて、将英の髪を濡らした。

「風呂の中が、泡だらけになるぞ」

「上がったらシャワーでもう一度体を流せばいいよ」

「別に流さなくてもいいけどな。日本にいる時は、やたら綺麗に暮らしてるが、よその国じゃそうはいかない。水だけのシャワーでもあればましだ。トイレは汚いし、よっぽど外でしたほうがましってくらいだ」

「私の知らないところで、将英はどんなふうに暮らして、何をしてるんだ」

「ジャングルに隠れてるのさ」

本当のジャングルにいることもある。都会のジャングルにいることもあった。表向きはアジアの物品を輸入する会社を経営していることになっている。だが実際は、養父から継いだ仕事、アジアで日本企業が現地の人間と揉めた時の、裏の仲介役もやっていた。

当然、そうなると付き合うのはアジア各国の非合法暴力組織だ。呼び方はそれぞれ違っても、ヤクザやマフィアの連中とやっていることは大差ない。

外務省では出来ないことを、命を張ってやっている。カジノの開設、それもそんな将英の仕事の一環でしかなかった。

「帰って来る時は教えてくれるのに、出掛ける時は何も言わないんだな」

「しょうがないさ。いろいろとやばいことに首を突っ込んでるんだ。志宣に迷惑を掛けたくない」

「迷惑なんて掛けてないよ」

この時、二人は未来にどんなことが待ち受けているか、想像することもなかった。けれど将英にしても、志宣にしても、微かな不安は感じていたかもしれない。

「なぁ、警察、楽しいか…」

「楽しくはないけれど、言葉の通じない人達の役に立てるのは嬉しいよ。日本を悪く誤解して欲しくないからね」

「……ならいい…」

警察なんて辞めてしまって、俺のところに来いとは言えない。

あまりにも危険過ぎるからだ。

志宣を尊重している。彼が教養もあり、そのまま警察に留まればそこそこ出世していける男だと思っているからだ。

しかも母親を何より大切にしているのを知っている。実の親に育てられなかった将英には出来ないことだったので、その聖域には踏み込めなかった。

このままの関係を、いつまで続ければいいのだろう。

いつかは何らかの結論を出さないといけないと二人とも考えてはいるが、どちらも口に出す勇気はなかった。

志宣の手が、優しく将英の髪を洗う。将英は目を閉じて、されるままになっていた。

「きっとシーザーを洗ったら、こんな感じなんだろうな。洗ってあげたことってある？」

「ライオンは水をたくさん飲むが、水浴びなんてしない生き物さ」

「そうだな。シーザーに水浴びは似合わない」

泡立てた髪を、志宣は丁寧にお湯で流した。バスタブの中は泡で汚れる。

「上がって。体も洗ってあげるよ」

「優しいんだな」

「いつもだろ」

「そうだな」

花は獣を恐れない。手折って愛でるなんてことはしないから。

だから愛されていると将英は思っているから、志宣を自分の元に呼び寄せられないままなのだ。

シャワーブースに立つと、志宣が入ってきた。そして将英の逞しい体を、丁寧に洗い始めた。

「新しい傷がない。それだけでも嬉しいよ」

腕を洗い、足を洗いながら志宣は言う。

そして最後に背中を洗う時、志宣は何を思ったのか、手にしたタオルを落として縋り付いてきた。

「将英……離れている間、不安なんだ。この気持ちをどうすればいい」

「だったら俺のことなんて忘れろ。最初からいなかったと思えばいいだろ」

「出来ない…」

「出来るさ。簡単なことだ。結婚でもするか、他に男を見つければいい」

そんなこと将英が耐えられる筈はない。最初に他に男など作るなと言ったのは、将英自身なのだ。

「不安に耐えられないようなやつはいらない。いつ死ぬか分からない身だからな」

冷たいようだが、それが真実だ。将英は背中に志宣の体温を感じながらも、寒さに震える。

この温もりを失った時に、自分に襲いかかる喪失感を思っただけで震えるのだ。

「将英…愛してるんだ」

志宣は思いあまったように言った。

「……俺の…」

牡丹。その美しい言葉を、将英は呑み込む。この世のものではない花は、将英の口の中で溶けて、甘い蜜を味わわせてくれた。

将英は振り向いて、縋り付いていた志宣を見る。その目は濡れていて、泣いていたことを告げていた。

「時間がもったいない。さっさと出よう。寒くなってきた」

実際は寒い筈がない。ホテルのエアコンは、いつだって部屋中を快適にしてくれているのだ。

寒いのは心だ。寄り添い、抱き合い、そして体を繋げ合ってもまだ、寒さが二人の間に忍び込む。

熱いシャワーを浴びても、寒さは消えなかった。

濡れた体のまま、ベッドに二人で倒れ込んだ。将英は志宣の顎を捕らえて、唇を押しつける。キスなんて生やさしいものじゃない。噛みつき、肉を切り裂くライオンの食事を思わせる、獰猛な愛撫が始まった。

「将英、将英…将英……」

志宣は切なげな声で、何度も名前を呼んだ。

「安心しろ。今は…どこにも行かないから」

志宣の足を開かせ、将英はその間に体を潜り込ませた。

余計なテクニックなど何もいらない。触れ合っているだけで、お互いの情熱は高まり、体はすでに興奮している。

「あっ！」

荒々しい愛撫が、志宣の白い肌にうっすらと傷をつける。すーっと細い蚯蚓《みみず》腫れになっていくかき傷を、将英はその舌で清めた。

けれど清めた端から、また新たな傷を付けていく。

「将英…どこにも…行かないで」

志宣の腕が愛しげに背中に回される。獅子を抱いているのだ。

情熱の刻が過ぎたら、それでまたしばらく抱くことは叶わない。将英の背中の獅子は、牡丹となる腕を求めて、夜毎、寂しい咆哮を繰り返しているというのに。

「ああっ……ああ…あっ…」

中に入った瞬間、志宣の口から甘いため息が漏れた。

「どこにも…どこにも…行くな、将英」

「ここにいるだろ。安心しろよ」

安心させるように、強く抱いてそのまま激しく攻め続けた。

……あの時、行くなと言った志宣のほうが、消えてしまった。

「自殺だと、警察は何考えてるんだ」

思いきりホテルの枕を殴った。

こうなったら、逃げ隠れする必要はない。志宣を連れ戻せるなら、我が身を危険に曝すことなど何でもないと思えた。

翌日、久しぶりに自宅に戻った将英は、そのまま温室に向かった。

温室の管理人であり、シーザーの飼育係でもある男は、一年中この家にいる。爆弾を投げ込まれようが、放火されようが彼はここを出て行かない。シーザーを逃がすわけにはいかないからだ。

そんなに尽くしてくれているのに、シーザーは管理人には無関心だ。毎日餌をくれ、寝床を綺麗にしてくれるというのに、たまにしか帰らない将英だけに懐く。

将英が入っていくと、シーザーはガラス張りの天井を震わすような声で吠えた。そして将英に駆け寄ると、ざらつく舌で手を舐める。

「シーザー…」

ふさふさの鬣を持つ大きな頭を、将英は両手で抱いた。ゴーゴーと地中から上がってくるような音を出して喉を鳴らしている。シーザーは再会を悦んでくれているのだ。

「完戸さん。おかしな手紙が来てますが」

温室の入り口で、林の声がした。

「手紙？」

この家に届けられる手紙や荷物は、すべて空港の手荷物検査並みのチェックをされてから、開封することになっている。手紙といえども、殺傷力のある爆薬を仕込むことだって可能なのだ。

「どんな手紙だ」

「封筒に片足のない龍が書かれてます」

「……シーザー、またな」

シーザーの鬣に顔を埋め、思いきり親愛の情を示すと、将英は入ったばかりの温室を出て行った。

「中は？」

待っていた林に、将英は訊ねる。

「紙だけです。開封はしていません」

「ドカンと来るか、毒薬かだな」

大使館並みの広大な邸宅の中、モニターのある部屋が主な執務室になっている。そこでいつも会議をやり、時にはトランプでポーカーをして遊んだりもしていた。

大きなテーブルの中央には、留守にしていた時の郵便物や宅配物が、整理されて積まれている。ほとんどが開封されているが、金色の龍の描かれた封筒だけはそのままだった。

「へーイ、ボース」

大男のボディガードは、将英が来たと知ると、不器用に大きな手に薄い手袋を填めて、封筒の端を勝手に切り裂き始めた。

「エディ。あぶねぇだろが」

「ドンットゥ、ウォーリー。オレサマ、タフネスねぇ」

手先が思ったより器用なエディは、綺麗に封筒の端を引き裂いた。

「ポイズンレターだったらどうすんだ」

「ボスのためなーら、がんばれまーす」

エディの丸っこい指先が、中から折りたたんだ紙を取りだした。

「ありがとうよ、エディ」

将英は受け取って開く。

真っ先に目を引いたのは、深紅のチャイナ服姿の写真をプリントアウトしたものだった。

志宣だというのは分かっている。だがそこにいるのは、将英の知っている志宣ではなかった。

目が焦点を結んでいない。明らかに薬物を与えられているのだ。

別の紙には、全裸の志宣の姿が写されていたが、腕には墨で花の模様が描かれている。その図柄に覚えがあったので、将英はきつく唇を噛んだ。

「林、響の旦那を呼び出せ」

「……」

林はすぐに携帯を手に、部屋の隅に移動する。

「なんて書いてある？　漢字ばかりで、よめないよ」

無学なエディは、時々ボスに対する礼を欠く。勝手に手紙を横から覗いていたが、将英は無礼を許した。

「中国語だ」

『交渉はしない。牡丹が欲しければ取りに来い。ただし一人で』

将英は無言のまま内容を読み、ふんっと鼻先で笑った。

「一人で来いだと。つまりは死にに来いってことか。だったらどうやって志宣を助ける。バカか。そうだな。薬で頭がおかしくなってる、ただのバカなトカゲだ」

手紙を丸めて捨てようかと思ったが、写真の志宣の姿があまりにも綺麗で、捨てられなくなってしまった。

じっと写真を見つめる。

背景はどっしりとした厚織りのカーテンだ。昼間なのかカーテンは少し開いていて、そこから外の景色が僅かに見えている。逆光になる筈なのに、撮影したデジタルカメラの性能がいいのか、志宣もはっきりと写っていた。

「……」

将英は写真を手にして、椅子に座り込んだ。そして指先で灰皿を示し、部下が素早く用意してくれると、ゆっくりと煙草に火を点けた。

「そうか。やっぱり頭の悪いただのトカゲだ」

ふっと笑いながら煙を吐き出したものの、本心から王を嘲笑うことは出来ない。まだ志宣を取り返したわけではないからだ。

「ヘイ、ボース。カフェ？」

「ああ、コーヒー、淹れてくれ」

「ナヤミ、ムヨー。きっとうまくいくから」

「そうだな。何もかもうまくいくさ……日本地図、用意してくれ。関東中心で……」

電話を終えて戻ってきた林に、将英は命じた。

「他に何か調べることはありますか？」

「ああ、紅葉前線ってやつを調べろ」

「……」

林は多くを語らない男だ。将英の一言と地図で、意図するものが何かはすぐに見抜いただろう。

腕に刺さる針の痛みに、志宣は何度も悲鳴を上げそうになった。タオルを噛むことでどうにか耐えたが、いっそ薬で頭をぼんやりとさせて欲しいとまで思ってしまい、その度に自分の弱さを反省した。

将英はこの程度の痛みなんて、何とも思わない。強い男達、中には女も混じっているだろうが、刺青の愛好者達はこの痛みに耐えて自分の体に、世界でたった一つの芸術を施すのだ。

「痛みますか？」

刺青師の池上は、時折志宣のことを気遣いながら訊いてきた。

「すいません、軟弱で。注射は子供の頃から嫌いで」

「あんなもん、好きなのはヤク中だけですよ」

初老の池上は、笑うと目尻に深い皺が出来る。志宣はその皺を見る度に、救われたような気持ちになった。

「私のせいで、ご迷惑をお掛けしました。他にもお仕事のご予定が入っていたんでしょう？」

「なぁに、弟子がいます。それより続けてでは、疲れて熱が出ないか心配だ」

「心配してくれてありがとう。お陰でおかしな薬を打たれずに済んで助かりました」

ドアの側にあるテーブルで、カードをやっている王の部下をちらっと見ながら、志宣は小声で囁いた。

「どういう事情か知らないが、こりゃ、下手すりゃ、あたしもあぶないかね」

池上は苦笑した。

「いろいろと危ない人の背中を彫ってきたが、もしかしたらこれが最期の仕事になるかなぁ。だったら、あなた、長生きしてくださいよ。悪いが、隅に隠してあたしの名前、入れさせてもらいますから、もし誰かにそれを彫ったやつの名前を訊かれたら、華栄《かえい》ってのが、あたしの屋号ですから」

「関係ないあなたを巻き込みたくはありません。私が命に替えても、あなただけは無事に帰します」

志宣は確信を込めて言った。

拉致されて一週間が過ぎたが、まだ救出の見込みはない。同じ国内にいるのに、警察の捜査能力の低さに志宣は苛立った。

自分は死んでもいいから、王を逮捕して欲しい。そう思っても、パトカー一台、ヘリコプター一機が、この場所にたどり着くことはなかった。

「どうだ。楽しい撮影会の時間だぞ」

王の声がしたが、志宣はあえて顔を上げなかった。俯せでベッドに横たわった姿勢のまま、じっと床に視線を向ける。

「完戸は思ったより使えない男だな。こんな簡単な場所も見つけられないらしい」

勝ち誇ったように王は笑った。

「あの程度の写真では、お前を助ける気にはならないのか。それとも、私が間違えたのか？　完戸は情に篤い男だと思ったが、冷たいだけの男だったようだ」

王は毎日、刺青の進行具合を写真に撮って、将英に送り届けている。だが、決してこの場所を明かすような真似はしていない。

将英には絶対にここが発見出来ないと、自信があるのだろう。

そして将英を苛立たせることで、王は愉しんでいるのだ。

「池上、もういいぞ。これからは別の痛みを、彼に与えるから」

「ですが…王さん、激しい運動や興奮は、あまりよくありませんよ。普通は体のために日を空けて彫るもんだが、毎日続けて彫ってるから、かなりきついでしょう」

「生きて帰りたかったら、余計な心配はしなくていい」

ぞっとするほど冷たい声で言われて、池上は黙った。そして道具を片付けると、自分に与えられた部屋に引き上げていった。

「彼は無事に帰すと約束してください」

志宣は気怠げに体を起こすと、ベッドに座って王の目を見ずに言った。

「そうだな。私は別にあんな男はどうでもいい。欲しいのは完戸の苦しみとやつの命だけだ」

「将英のことなど何も知らないのに、どうしてそんなに憎むんです」

「別に、完戸だけが憎いわけではない。私は日本人が嫌いなんだよ。だから君にも、たっぷりと苦しみを与えてるだろう」

王は志宣の顎に手を添えて、自分を見るように上を向かせる。

「両手、両足に刺青を彫った男なんて、もう警察では雇ってくれないぞ。父親の元で雇ってもらえればいいとでも思ってるだろうが、残念だな。このまま完戸が迎えに来ないようなら、売り捌いてやる」

「私は若くないです。売り物にはならないですから、いっそ殺してください」

「そうはいかない。その刺青にだって、金が掛かっている」

ふっふっと王は笑うと、そのまま志宣の前に立ちはだかって、上着の釦を外し始めた。

「歯を抜かれたくなかったら、納得させるだけのテクニックをみせてみろ。うまければ考える。あまり下手だったら、すぐに歯を抜くぞ」

「……」

歯医者は嫌いだったから、行かずに済むように手入れを怠ったことはない。そうして守ってきた綺麗な歯を、わざわざ抜くというのか。

死ぬよりつらいことがある。

志宣はこれまで、ほとんど恐怖という感情を知らないで育った。死ぬことすら他人事のようで、どこか死にたいと思っていたようなところもあった。

　これが恐怖なのだ。

　そして将英は、こんな恐怖と毎日戦っている。

「プライドの高い男だ。私のものを銜えるくらいなら、死んだほうがましだと思っているだろう。だがお前がここで死んだら、池上もついでに殺そう。そして……いつか、あの疑うということを全く知らない母親もな」

「……なぜそんなに憎めるのか、私にはあなたが分からない」

「分からないか。憎しみでしか生きられない。そんな人間もいることを知らないで、何が正義の警察官だ」

　王は嘲笑うように志宣を見ながら、ズボンを開いて自分のものを取りだした。

　だらんと垂れたものを見て、志宣はここで食いちぎってやったらどうなるだろうと思った。

　何人かが犠牲になっても、このまま王を生かしておくよりずっといい。王は生きている限り、憎しみから何人もの人間を殺していくだろう。それを阻止するのに、今が最大のチャンスだった。

「写真を撮れ。日本人警察官が、偉大なる帝王に屈した、記念すべき瞬間だ」

　ここで耐えたら、次は複数の部下による強姦だろうか。

　そうなっても耐えられるか、志宣には自信がない。

「歯を抜かれたくなかったら、最高のテクニックをみせてみろ」

「出来ない……」

「麻酔無しで、歯を抜いてやろうか」

「今、そんなものを口にしたら、きっと咬み切ってしまう」

その一言で、王の顔色が変わった。

「銃を持って来い」

命じられた部下が、銃を王の手に渡した。王は安全装置を外すと、そのまま志宣の頭に突きつけた。

「死にたいなら、それでもいいが……一度だけチャンスをやる。脳みそを吹っ飛ばされたくなかったら、言うとおりにしろ」

「何をそんなに意地になってるんです。あなたは本当はいろんなものが怖いんだ。だから恐怖で支配出来ると思ってる」

「黙れ！　うるさい男は嫌いだ」

「真実を言う人間が嫌いなんでしょう。あなたの力は見せかけだ。本物の実力者なら、とうに将英を殺してる。私なんかを人質にしておびき寄せようとしてるのは、一対一で対決する勇気がないからだ」

王は怒りにまかせて、銃で志宣の頭を殴った。

額が切れて、血が滴る。不思議と刺青を彫られるより痛く感じなかった。

「待ってろ。いずれ完戸を呼び寄せて、お前の見ている前で、ゆっくりと時間をかけてなぶり殺しにしてやるからな」

「……」

ここで言いなりになろうが、なるまいが、どっちにしろ苦しめられるのは一緒だ。

だったらいっそ、勝てる見込みがなくても、小さな戦いを続けるべきだ。

王が足音も荒く立ち去る音を聞きながら、ささやかながら一勝したなと、志宣は小さく微笑んだ。

その夜、志宣は食事に呼ばれなかった。

こういう復讐の手もあるんだと苦々しく思いながら、志宣は空腹に痛む胃を抱え、ベッドでじっと横になっていた。

「あの男の思い描く恐怖から、どうやって生きてきたか分かるようだな」

空腹を抱え、意味もなく殴られるような日々が続く、悲惨な幼少期を過ごしたのだろう。その時に感じた恐怖が、王にとっては最大の恐怖なのだ。

もっと悲惨な経験もしているかもしれない。例えば愛する者を、目の前で殺されたというような。

王は将英を憎んでいるのではない。本当に憎んでいるのは、自分の運命だ。たまたま将英というターゲットを与えられて、王は愉しんでいるだけだ。自分が有利に進んでいる間は、優越感に浸れる。けれど王だって、うまくいかない場合の不安からは逃れられない。

警察がただ手をこまねいているとでも思っているのか。日本の警察力を、そこまで馬鹿にする根拠はどこにあるのだ。

志宣は怒りを胸に、空腹と戦った。

それでも眠りは訪れる。堅いベッドの上で、いつ洗ったのか知らない古びた毛布に包まれて、借り物のチャイナ服のまま眠った。

シルクのチャイナ服は、日中ならまだ許せるが、素肌にそれだけを身に纏って眠るには相応しくない。

手足が焼けるように痛む。一日中針を刺されているのだ。いくら刺青に使うインクの性能が昔より各段とよくなっているとはいえ、針で刺される皮膚の痛みが少なくなるものでもない。

手足に蛇が絡みつく、嫌な夢を見ていた。けれど夢の中にシーザーが現れて、志宣の手足に絡みついた蛇を咬み切ってくれた。

ありがとう、そう言おうとしているところで、突然の轟音に志宣はばっとベッドの上で跳ね起きた。

焦げ臭い匂いがした。慌てて窓に駆け寄ると、建物の一部が燃えていた。

続けて轟音が鳴り、入り口のドアが破壊されていく音が響いた。

「将英…」

誰かがバズーカ砲を撃っているとしか思えない。日本でそんなものを持っているのは、正規の自衛隊か、将英の指揮する東雲塾の残党くらいのものだろう。

「一人で戦争でも始めるつもりか」

志宣は笑った。将英だったらやりかねない。ライオンは鼠相手でも本気で戦う。まさにその見本のようだ。

「将英、将英」

窓には鉄格子がはまっている。それでも志宣は必死で叩いて、そこに自分がいることを気付かせようとした。

爆撃で停電してしまったので、気付いてもらうのは難しいだろうか。

「そうだ」

そこで志宣は、部屋に置かれている緊急時用の古い懐中電灯を取りだした。ここがホテルだった時に、部屋に備え付けてあったものだろう。電池があるのかどうかも分からないが、志宣はスイッチを押してみた。

「点いた」

昔ながらのSOS信号を、試しに窓に向かって光らせてみた。

王の部下達は、どこに行ったのだろう。もう囚われの志宣のことなどほったらかして、急襲した相手を探し出すのに必死のようだ。誰も様子を見に来ない。

「んっ」

その時志宣は、部屋の中に同じような間隔で光が射し込むのを見つけた。相手も信号を送っている。

「将英」

窓に寄った志宣は、将英がバズーカ砲を構えて、あっちに行けと示しているのを目にした。

咄嗟に志宣はベッドの下に隠れた。それと同時に大音響がして、窓は粉々に砕かれた。

「はっははは、あはははは」

ついに耐えきれずに、志宣は声を出して笑った。

今なら、死んでも後悔しない。

将英が迎えに来てくれた。

しかもたった一人で。

パトカーもヘリコプターも連れず、装甲車も兵隊もいない。いつもの体にぴたりと張り付くような黒いシャツと、黒いズボン姿でやってきたのだ。

志宣は素早くベッドの下を抜け出し、まだ燃えている窓枠を踏み倒して外に出ようとした。

「待て…」

王の声がした。

「銃で狙われてるのは分かるな」

ゆっくりと振り向くと、銃を構えている王の姿が目に入った。

「完戸。さっさと来い。バズーカを撃っても無駄だ。その前にこの男を撃つ」

将英は壊れた窓のすぐ近くに来ていた。窓枠やカーテンを焼く炎が、将英の精悍な姿を暗闇の中に浮き上がらせている。

「ああ、生憎とこっちも弾切れだ。さすがにバズーカ砲の弾までは、そう幾つも抱えてこれねぇ。どうだ、王。約束どおり、一人で来てやったぞ」

「ふん、愚かな男だ」

王が銃の狙いを将英に定めた時、突然、燃えさかる壁の間を飛び越えて、巨大なものが侵入してきた。そして巨大なものは、銃も恐れず王に飛びかかっていった。

「シーザー！」

ライオンに襲われても、さすがに王は怯まなかった。気を取り直して、銃でシーザーを撃とうとしている。

志宣は必死で王に駆け寄り、シーザーに組み敷かれた王の手に握られた銃を、奪い取ろうとした。撃たれて死んでもいい。

シーザーを、そして将英を守れるなら、今こそ死ぬ時なのだ。

バンッと銃の鈍い発射音がした。撃たれたかと思ったが、チャイナ服の裾に大きな穴が空いただけだった。

志宣は思いきり王の手を、床に何度も打ち付けた。興奮したシーザーが、今度はその手を激しく引っ掻いた。

黒のマオカラーのスーツは、あっと言う間にびりびりに引き裂かれていく。王は必死に抵抗して暴れる。すると左手の義手が覗いて、志宣はぎょっとした。

「シーザー、殺すな。そいつはインターポールに引き渡す」

将英がそう命じると、まるで言葉が分かるかのように、シーザーは王から離れた。

「一人で来いとは言われたが、ライオンまで同伴するなとは言われてなくてね」

勝ち誇ったように笑うと、将英は王の銃を拾い上げて、それで両足と右手を一発ずつ撃った。

「俺の牡丹を傷物にしてくれたな。お前の傷は簡単に治るが……志宣の傷を消すのは大変だ」

将英の顔が、一瞬だが、くしゃっと悲しげに歪んだのを志宣は見逃さなかった。

志宣の体に彫り込まれた牡丹のことを、将英はもう知っているのだ。

「志宣、行くぞ」

「待ってくれ。彫り師の池上さんがいる。彼も連れていってくれ」

「おい、ぐずぐずしてる暇はねぇよ。すぐに警察がやってくる。警察に任せろ」

「いやだ。報復のために殺されるかもしれない」

「くそっ！」

それでも将英は、志宣の願いを聞き入れてくれた。

「おーい、どこにいる。彫り師の旦那。返事しやがれ」

階段を駆け上がっていくと、王の部下が下りてくるところに鉢合わせた。将英が銃を構えるより

早く、シーザーが新しい獲物とばかりに飛びかかっていく。部下達は驚いて、窓から外に飛び出していった。

「池上さん、どこですか」

「はい…うわーっ」

シーザーの姿を見て、道具箱を抱えて出て来たものの、池上はその場で腰を抜かしてしまった。

「安心して。いいライオンだからって…おかしな言い方ですね」

志宣は池上の手を引いて立たせると、その肩を抱えるようにして階段を下りた。

「何があったんですかね」

「それより急いで。警察が来ると、いろいろとまずいことになりますから」

将英は銃を構えて、先頭を歩く。シーザーはライオンなのに炎を恐れないのか、悠然と前を歩いた。

「こ、これは本物ですよね」

「サーカス育ちなんでね。火は怖がらない。かえって興奮するんだ。シーザー、お散歩は楽しかったか」

シーザーは満足そうに、ウーッと唸る。そして逃げだそうとしている王の部下を見つけると、嬉しそうに駆け寄っては爪で引っ掻いた。

志宣はかなり火の手が広がった建物を振り返る。王があの中で焼け死ぬ前に、消防車と警察が来ることを祈るしかない。

昔は美しいホテルだったと思わせる建物は、夜空を赤く染める炎の中でゆっくりと崩れていく。煙が上がっていくが、それはまるで断末魔の龍の姿のようだった。

「彫り師の旦那。悪いがトラックは二人乗りだ。後から迎えを寄越すから、その辺の植え込みの陰にでも隠れてろ」

将英はそう言うと、道路の脇に駐められた『サファァリランド』と書かれたトラックに近づき、荷台を大きく開いた。

「シーザー、遊びは終わりだ。戻れっ」

ピュッと口笛を吹くと、シーザーは勢いよく荷台に飛び移る。中には檻があって、ご褒美なのか肉の塊が転がっていた。

「その真っ赤なドレスは素敵だが、これに着替えろ」

将英は『サファァリランド』と書かれた作業服を志宣に手渡しながら、急いで銃やバズーカ砲を檻の下に隠した。

「わ、私はどうすれば」

「すぐに迎えを寄越す。そのチャイナ服を振ってろ。でっかい黒人が運転してるベンツだ」

池上はそう命じられると、渡されたチャイナ服をしっかりと握りしめた。

「支払いがまだなら、いずれ俺が払ってやる。王が出すといった値段の倍払ってやるから」

「い、いや、それはどうも」

「ただし警察に何か聞かれても、絶対に何も言うな。親戚の家にいたでも、女のところでもいい。ともかく、あんたはここにいなかった。いいな」

「は、はい。それとあの…まだ未完成です。よければ仕上げを」

「……」

将英はまたもや悲しそうな顔をする。けれどすぐに真顔に戻って、トラックの荷台を閉じた。

「いずれな。日を…改めて…」

志宣はそんな将英を見ていて、泣きたくなった。

将英のために、いつか自分で決意を固めて彫りたかった。

王がどうしてそんなことを思い付いたのかは謎だ。恐らく自白剤を使われた時に、思っていることを何もかも口にしてしまったのだろう。

「将英、すまない」

「謝らないといけないのは俺だ。こんな目に遭わせて、すまない」

将英はどんっとトラックのボディを殴る。すると中でシーザーの吠える声がした。

「行こう。響と約束した。猶予は二十分。もうタイムリミットだ」

志宣はトラックの助手席に乗り込み、池上を振り返る。

「ご迷惑おかけしました。でも私が生き延びたから、あなたの作品もずっと残りますよ」

池上は志宣の言葉を聞いて、泣きそうな顔をしながら弱々しく手を振る。

走り出すトラックを追うように、遠くから消防車とパトカーのサイレンが聞こえた。

終わったのだ。

これで自由になる。

そう思う嬉しさと同じくらい、志宣は不安になった。

手足に残った牡丹は、修羅を生きるようにと志宣を追い立てる。もう普通の世界に戻ることは、二度と許されないのだ。

ライオンは寝ている。充分に遊んだ疲れが、いつもは怠惰な獣をより怠惰な生き物にしていた。

温室に帰るまでの間、警察の検問にあった。いきなり荷台を開かれて、懐中電灯で照らされた瞬間、シーザーは見知らぬ相手を警戒して吠えた。

警察官は慌てて扉を閉めてしまい、シーザーの足下に銃やバズーカ砲が隠されているのまで調べることはしなかった。

どうして飼い主の将英が、シーザーを散歩に誘ったかなんて獣には分からない。それより炎で少し焦げた鬣が気になる。

炎はサーカスを思い出すから、本当は好きではない。けれど炎の向こうに、将英と同じくらい好きな人間がいたから、焼けるのも構わず炎の中に飛び込んだ。

あの人間の匂いがする。

この家のどこかに、まだいるのだ。

そんなことを思って、鬣を少し焦がしたシーザーが寝ていることなど知らずに、志宣は将英の家の客間にある風呂で、じっくりと体を暖めていた。

「刺青の後、風呂に入ったほうがいいんだ。湯上げって言ってな。色が落ち着くし、傷の治りも早い」

将英はそんな志宣の体を後ろから抱いて、じっとしていた。

王に連れて行かれたホテルから帰る途中、トラックを乗り換えた。将英は完璧に準備を整えて、志宣を迎えに来てくれたのだ。

「警察に戻らないと……響警部が待ってる。だけど……どう説明したらいいんだ」

事実を何もかも説明するわけにはいかない。志宣は将英を警察の手に渡したくはないのだ。

「王を逮捕したからって、それで将英の無事が約束されるわけじゃない。警察は余計な追及をしてくるだろうし……母にも連絡したいのに」

そこで志宣は、両手足に彫られた刺青を見る。

こんなものを見たら、母は気を失ってしまうだろう。

「いっそ、このまま消えてしまえたらいいのに」

「せっかく助かったのに、そりゃないだろ。命を懸けて助けにいった、俺の気持ちはどうなるんだ」

将英の声に怒りを感じて、志宣は自分の体を抱く将英の手をしっかり握りしめた。

「すまない。まだ混乱してるんだ。自白剤を注射された時に、何を喋ったかも覚えていない。余計なことをいっぱい話したんだろうな。将英にこれ以上、迷惑をかけないといいんだが」

「迷惑？　それはこっちの台詞だ」

互いに相手を気遣っているのに、どこかぎこちない。二人とも相手に迷惑を掛けたことを悔やんでいるせいだ。

それだけではない。

将英はまだ口にしていないが、王が志宣の体に何をしたのかが気になって仕方がないのだ。

体に大きな傷はない。だが額に新しい傷があった。

手には注射の跡がある。かなり乱暴に、何本もの注射をされたので、内出血がまだ消えていない。

「生きてりゃいいと思ったが、こうやって取り戻すと、何だか余計なことを考えちまうもんだな」

「何を考えてるんだ」

「いろいろとさ。何かあったんじゃないかと思って」

「犯されたと疑ってるんだろ」

志宣にも何もなかったと言い切れる自信はない。薬を使っている間は、意識が全くといっていいほどなかったのだ。

その間に何かされていても、気がつかないままだろう。

「覚えていない時間がある。その時に何かされていたとしたら、不貞を働いたことになるな」

「不貞って何だ」

「……」

「そんな小難しいものじゃないだろ。意識のない体に何をされたって、そりゃただの暴行と同じだ
そんなことは気にしてない」

「じゃあ、何が気になるんだ」

将英は志宣の顔を自分に向かせて、じっと目を見つめた。

「俺を恨んだだろ」

「恨んでいない。王に犯されるくらいなら、死にたいとは何度も思ったけれど、将英を恨みに思うなんてことは一度もないよ」

「そんな体にされちまって……つらいだろ。刺青を綺麗に消せる医者もいる。消して貰うしかないな」

「消す必要はないよ。いずれは入れるつもりだった。王に対して、私は自分の願望を口にしてたのかもしれない」

そうでなければ、王がどうして池上まで呼び寄せたのが分からない。何を言ったのか、志宣は思い出せないのが悔しかった。

体が温まったせいか、牡丹はより鮮やかに咲いている。志宣の手は、寄り添う獅子をいつか捜して彷徨っていた。

「将英……警察にはもう戻らない。このまま依願退職するつもりだ」

「いいのか。無理に入れられた刺青だ。消してしまえば、問題にはならないだろう」

「じゃあ、どう説明する。警察が到着する目の前で、王を撃った男と逃げたことを、何て説明すればいいんだ」

「……」

「母の身だけが心配だ。王は逮捕されたのか？」

「さあな」

二人とも警察に近づきたくなくて、確認するのを怠っている。将英は大きくため息をつきながら、
志宣をさらに強く抱き寄せた。

「志宣のお母さんのところには、警察官が常駐してる。安心していい。電話をしてもいいが、こっちの番号は知らせるな」

将英は立ちあがると、志宣の手を引いて同じように立たせた。

掴んだ位置のすぐ近くに、牡丹の花が開いている。将英は思わずその手を引き寄せて、唇を押し当てていた。

「あの刺青師は、いい仕事をする。確かに消すには惜しい、見事な出来だ」

「そうだな……」

「獅子が待ってる。牡丹に抱かれたくて、さっきからうるさく吠えてどうしょうもないんだ」

将英のものは、すでに興奮して堅くなっていた。

「部屋に戻ろう……」

広い客間は二間続きになっていて、その一つにはすでに布団が敷かれていた。疲れ切った志宣を、ゆっくりと寝かせてやろうという将英の心づもりだっただろうが、やはりそのまま何もせずに眠ることは出来ない。

会えなかった数日の空白を埋めるのに、やはり言葉だけでは足りなかった。

「将英、どうやって私のいる場所を見つけ出したんだ」

冷たいシーツの上に、火照った体を横たえる。志宣は愛しげに将英の体に触れながら、一番知りたかったことを訊ねた。

「窓から見える山の形と、紅葉の進み具合さ。場所が大体判れば、後は簡単だ。最近中国人の金持ちが購入した物件を探し出せばいいだけだ」

王が買ったのは、那須にある潰れたホテルだった。もちろん名義は、王大龍になっているわけではない。けれど日本人名義でなかったことが幸いして、見事に将英は志宣の隠し場所を引き当てたのだ。

「嬉しかったよ。たった一人で助けに来てくれたんだね」

「実際は一人じゃない。後ろには大勢仲間がいたさ。それにシーザーもな」

将英は照れたのか、自分の英雄的行為をあえて誤魔化した。

「シーザーにもお礼をしないと」

「どうやってするんだ。添い寝でもしてやるか」

将英は笑いながら、志宣の体に唇を押しつけてきた。

何度も繰り返された、愛の行為。いつものように、二人は互いの体に手で触れ合い、唇で優しく愛撫し、舌で舐めていく。

「じっとしてて……」

志宣は突然、将英を下にして自ら上に乗った。

「積極的だな。久しぶりで燃えてるのか」

「……ああ……」

将英の胸に手を触れていた志宣の体が、細かく震え出す。将英は志宣のものに手を添えて、優しくこすりだした。

「んっ……」

「入れて欲しいんだろ。自分で入れるか」

「……入れて……」

望まれた将英は、志宣の腰に手を当てて持ち上げると、その部分に自分のものの先端を押し当てた。そうして志宣が積極的に、自ら体を沈めていくのを待った。

「将英……」

「んっ？　どうした」

「……」

志宣の体が、将英のものをゆっくりと迎え入れる。温かなその部分に包み込まれて、将英はたまらない幸福感を味わった。

「……将英……」

興奮した時の志宣は、いつだって将英の名前を呼ぶ。自分の名前を呼ばれて、不快に思う男はいない。

将英は幸せだった。

「取り返したな……志宣。もう心配しなくていい。二度と、あんな危ない目には遭わせないから」

「……将英……」

「ん……」

何かいつもと様子が違うと将英が感じたのは、志宣の目が虚ろになっていることに気がついたからだ。

これまでに何度も、志宣の切なげな顔を見てきている。

そのままでも美しい男だったが、抱かれている時の顔はまた特別だった。

だが今の志宣には、いつもの色っぽい表情がない。

「どうした。まだ精神的なショックが醒めてないのか？」

本来、将英はとても優しい男だったから、こんな時には特別に優しさを示す。

「……将英……」

同じ口調で将英の名前を繰り返し呼びながら、志宣の手は、いつか将英の首をさすっていた。

「髭が気になるか？　剃りたいんだろ。困ったやつだな」

将英は苦笑する。

けれど次の瞬間、その顔は苦しげに歪んでいた。

「将英、将英、将英……ああ、将英……愛してるんだ」

そう言いながらも、志宣は両手で将英の首を強く絞めてきた。

痩せた美しい男とはいえ、やはり男の力だ。全く警戒していなかった将英は、抵抗する暇もなく志宣の手で首を絞められていく。

普通の男だったら、すぐに呼吸困難になって意識を失う。けれど将英は、常に体を鍛えて襲撃に備えている男だった。

「んんんーっ」

思いきり強く志宣の腕を掴み、将英は腕を喉もとから引き離した。

呼吸が戻ってきて真っ先に微かな痛みを感じたのは、爪が食い込んだせいだ。

将英はそんな痛みはものともせず、逆に志宣の体を下に組み敷いていた。

「ああああっ、あっ……将英……今……何があったんだ」

繋がっていた部分が外れてしまった。すると志宣の顔に、いきなり正気の光が戻ってきた。

けれどそれで将英は安心出来ない。

何度も裏切られてきた男だ。たとえ相手が愛している志宣でも、こんな事態に陥ってしまったら、すぐに志宣をまた信頼することは出来なかった。

「志宣、だよな？」

王のことだ。志宣に体つきのそっくりな男の顔を整形して、偽物を作り上げることだってしかねない。

疑いだしたらきりがないが、どうみてもやはりここにいるのは志宣以外の誰でもなかった。

「志宣だろ。そうだよな」

「将英……私は、何をしたんだ。意識が無くなった。こんなこと……初めて……いや、違う。あそこで注射された時に…」

「……注射か……自白剤だけじゃないな。何を注射されたのか、覚えてないだろ」

刺青されている部分の上は、度重なる注射の跡で今でもまだ青あざのようになっている。

それを見つめて、将英は舌打ちした。

「汚い真似をしやがる。志宣が自殺するような暗示をかけてなきゃいいんだが」

「どういうことなんだ」

「さあな。試してみるか」

将英は寝室に用意された寝間着用の細帯を手にした。

「何をするんだ」

「いいから、じっとしてろ」

手を縛ってしまえば、もう二度と将英の首を絞めたりは出来ない。そう思って、将英は思いきり強く志宣の両手を縛り上げた。

「ああ……何で……こんなことに」

「後催眠さ。俺と寝たら、首を絞めるようにインプットされてるんだ」

「嘘だ……」

「それ以外にも、何をされてるか分からないが、安心しろ。お前が本物の志宣だったら、何があっても俺が助ける」

志宣は縛られた手を見つめて、悲しげな顔になった。

「せっかくの牡丹が……獅子を抱けない」

「そうさ。王の狙いはそれだ。俺達の夢も望みも、根こそぎ奪うつもりなんだ」

「治るだろうか」

「治してみせる」

将英の力強い言葉に、志宣は虚しく縛られた手を上げた。

「抱きたい。この腕で将英を思いきり抱きたいのに」

こんな状況になっても、将英は果敢に志宣を抱きにいく。一度は萎えたものを、自分の手で再び奮い立たせると、将英は強引に志宣の中に自分のものを突き入れた。

「あっ、あうっ……」

志宣はすっかり萎えている。体は冷え切り、将英のものを受け入れるはずの場所は、頑なに将英の侵入を拒んでいた。

「力を抜け。やりかたを忘れたわけじゃないだろ」

「ううっ、怖い、怖いんだ。将英……助けて」

「志宣もこれでやっと人間らしくなってきたな。怖いって気持ちがあるだけましだ」

これまでは死ぬことさえ怖がらなかった志宣の心に、恐怖という烙印を押されたことで、将英はまた王を憎んだ。

「リラックスだ。思い出せ。ほら、あんなに気持ちよかったのを、忘れたのか」

「いやだ。感じると、またきっとおかしくなる」

「試しに感じてみせろよ」

「ああっ……ああっ……無理だ……んっ」

それでも将英のものが、一番奥にある感じやすい部分に到達すると、志宣の体は変化し始める。

「んんっ、あっ、将英……ああっ…」

情熱を取り戻したものを、志宣は自分の手で慰めることも出来ない。そのまま悶え苦しみ続けているのが可哀相で、将英はまた志宣のものを手にしてこすりだす。

「……将英……」

途端に志宣の顔から輝きが消えた。

どうやら後催眠が再び効き始めたようだ。

志宣は縛り付けられた手で、将英を殴ろうとした。その手を抑え付けて、将英は負けじとばかりに激しく志宣を犯し続ける。

「うーっ、うっ…うう」

苦悶の表情を浮かべながら、何とか将英の手から逃れようと志宣は足掻く。そして叶わないと知ると、足で将英の体を締め付けてきた。

「こんなことで、俺の気持ちが萎えるとでも思ってるのか、王。暴れる志宣は、なかなか新鮮だ。俺達、マンネリ気味になりかけてたからな。いい刺激をありがとうよ」

志宣は足で、将英の背中を蹴った。

美しい牡丹が彫られた足だ。本来なら、獅子に優しく寄り添うべき牡丹が、強風に煽られたかのように激しく動いて乱れていた。

いっそ散ればいい。志宣の足から、牡丹の花が綺麗に散って消えてしまえば、こんな呪いも解けるのだろうか。

いや、優しく寄り添う牡丹に換えたい。

将英は負けることが嫌いだ。

志宣を失ったままでいるよりは、自分の力で取り戻したかった。

「暴れるなよ。その程度じゃ、俺を殺せない」

「ああっ…あっ」

心を繰られていても、志宣の体は素直に反応してしまう。将英にえぐるように攻め込まれて、ついに志宣はその部分から白い液体を吐き出した。

ぐったりとなった志宣だが、まだ正気の煌めきは帰ってこない。

「俺がいくまでは駄目ってことか。さすがだな」

志宣に施した催眠術のプログラミングに感心しながら、将英はついに自分の体も自由にした。

萎えた将英のものが引き抜かれると、やっと志宣の目に正気の光が戻ってくる。

かなり高度な催眠術だ。これを解くのは、かなり難しいだろう。

将英は志宣の頬を軽く叩いた。

「大丈夫か？」

「頭が痛い……何があったのか、まるで分からないんだ」

志宣は不安から、泣き声を漏らす。

「志宣のこんな顔を見るのは初めてだ」

どんな場面でも、ほとんど表情を変えない。いや、嬉しい時は笑うし、悲しそうな顔をしてみせることもあったが、こんな子供のような原初的な感情を曝すのは初めてだった。

将英はそんな志宣が愛しくて、その腕に力強く抱く。

すると志宣は、ついに声を上げて、子供のように泣き出してしまった。

遊園地というのは楽しい場所の筈なのに、なぜか哀愁を感じることがある。特にこんな晩秋の平日、閉園前の薄暗くなった時間になると、物寂しさが強く漂った。

志宣は観覧車のチケットを四枚買うと、列に並ばずじっと立って待つ。目当ての男の長身の姿に、志宣はすぐに気がついたが、呼び出されたとうの響は、志宣を見つけられずにうろうろしていた。

「……」

志宣は響に近づくと、黙ってその袖を引いた。

「和倉葉か？」

響は驚いたようだ。無理もない。志宣はジーンズにスカジャン、髪を金色に染めてサングラスをしていたから、以前の志宣を知る人間から見たら、まるで別人のようにしか思えない。

「どうしたんだ、その恰好は」

「響警部。尾行はついていないですか？」

「ついてない」

「では、こちらに」

響の腕を引いて、志宣は観覧車に向かう。もう列はなくなっていて、並ばずにすぐに乗れた。

二人は無言で向き合う。見ようによっては、サラリーマンが年下の男と秘密のデートをしているかのように見える。それともなければ、何か不祥事を起こした男が、ヤクザの下っ端に強請られているようにも見えた。

「お母さんには、無事だってことを連絡したのか」

「はい……そんなことは、もうそちらでも調べがついているでしょう」

「……そうだが、和倉葉、何か印象が変わったな」

「はい。思ってもいなかったことが、いろいろとありまして」

戻ってから三日が過ぎていた。志宣にとって唯一の救いは、拉致された経緯を警察が一切マスコミに流さなかったことだ。実際に警察だからといって、事件の何もかもをマスコミに報道させるものでもない。

特に今回のように、国際的に大きな犯罪組織が絡んでいる場合は、事件のほんの一部が、小さく報道されるに留まった。

王が利用していた古いホテルの爆発も、単なるガス漏れによる火災で処理されている。けれど裏では、とんでもないことが進行していた。

「王の様子はどうです」

「まだ那須の病院の集中治療室だ。火傷が思ったよりひどくてね。そのお陰で取り調べが出来ないでいる」

「そうですか。これ……出しておいていただけますか」

志宣はスカジャンのポケットから、封筒を取りだして響に渡した。

「これは何だ」

「依願退職届けです」

「辞めるつもりか」

「はい。響警部。警察としては、私が精神を病んで、拉致を装って姿を消した、そういうシナリオで、今回の事件を処理したいのでしょう?」

「そんなことはない」

観覧車は少しずつだが上昇していく。ここ『日本園遊園地』は、周囲に高層ビルがあまりない。そのせいで見晴らしがよく、眼下にはきらきらと明かりを瞬かせる街が広がり始めた。

「本当のことを教えてください。響警部は、ただの警視庁刑事部の人間ではないでしょう」

「……」

「インターポールですか? 王を個人的に追っているんじゃありませんか?」

「それを確かめてどうするつもりだ」

志宣は黙ってスカジャンを脱いだ。そして下に着ていた長袖のTシャツの袖をまくり上げる。

「それは…」

志宣の腕を飾る牡丹は、観覧車につけられた僅かな明かりの中でも、鮮やかな色を見せる。

響はしばらく言葉を失って、その偽りの花をじっと見つめていた。

「両手、両足にあります。王に拉致された時に、彫られてしまいました」

「和倉葉、すまなかった。もっと早くに救出すべきだったな」

「いいえ、それが無理だっていうのは分かっています。将英は警察を信じていない。頼ろうともしない。私の写真が将英のところに送られましたが、それを響警部には見せなかったでしょう?」

「ああ、教えられたのは王の隠れている場所だけだ。ただし絶対にパトカーで押しかける時間を守ってくれと言われた。俺は、守っただろ」

「はい」

そのお陰で将英は、逮捕されることはなかった。

「ただのガス爆発じゃないことくらい、いくら田舎の消防署でも分かりますよね。あれだけの規模の火災を、うやむやにすませられるのは、日本の所轄警察の警部程度で出来ることではないです。響警部、やはり裏でどなたかと繋がっているんでしょう」

「……誰とは言わない。王を追っているのも事実だ。裏で手を引いて、君が完戸将英の愛人だと知っていて、わざと組ませてもらった」

「やはりね。ならいいです。納得しました」

志宣は袖を戻し、スカジャンを着た。

観覧車は一番高い位置までやってきた。後はゆっくりと地上に戻っていくだけだ。

「警察での仕事は、それなりに楽しかったです。もし将英と知り合わなかったら、定年まできっと何事もなく勤め上げたでしょう」

「父親の会社には入らないのか」

「意地があります。王がおかしな薬を私に使ったせいで、私は自分でも気がつかなかった様々なトラウマに、目が向いているみたいですね。父への憎しみが増してるみたいで……」

話しながら、志宣は額に手を添える。思い出したくないことを思い出そうとしたり、考えたくないことに気が向くと、決まって割れるような頭痛に襲われた。

「和倉葉、大丈夫か？」

「王は国際法廷で裁かれるでしょうが、私に対して行った様々な罪状に対しては、一切罪の上乗せが出来ないのが悔しいです」

「だったら正式に告発すればいい」

「出来ないと知っていて、そんなことをおっしゃるんですか」

地面が近づいてきた。志宣はスカジャンのポケットから、残りのチケットを取り出す。そして係員がドアを開こうとした時に、チケットを見せてもう一回と指で示した。

「これからどうするつもりだ」

「将英といます」

響に向かって、志宣はその日、初めての笑顔を向けた。

「いいのか。やつはこれからもずっと狙われることになるぞ」

「獅子に寄り添う牡丹。それが私の運命なんです。王は非道なことをこの体にしたけれど、もしかしたら何年後かには、彼に感謝しているかもしれません」

「今日は、これのために俺を呼び出したのか？」

退職願を示して、響は訊く。すると志宣は、小さく首を振った。

「将英は警察を頼れない。もしよければ、響警部。これから私を、パイプ役に使ってください」

「何だって」

「私は警察官でしたが、平凡な刑事でした。出来るなら、警察の裏事情をもっと教えてください。そうしたらアジアの犯罪者の情報など、響警部が必要とするものをすべて流します」

「君の決意を、完戸は知っているのか？」

「知っていても、将英は知らないふりをする。そういう男です。彼は、誰も信じないし頼らない。私は……そんな将英を助けたいんです」

志宣は戻ってからのここ数日、将英の家にいる間に考えていたことをすべて口にした。

警察には戻れない。かといって、父に頼るのは嫌だった。

将英を助けたい。だが非力な自分に、何が出来るというのだろう。唯一出来ることといったら、警察とのパイプ役になることだけだった。

「私が女だったら、将英にただ安らぎを与えるだけの役割で満足したでしょう。ですか、私は男です。彼と肉体関係にあるからといって、猫や犬のように家で飼い主の帰りを待つだけの生活はしたくないんです」

明るく染めた髪をかき上げて、志宣はサングラスを外す。するとその目にはブルーのカラーコンタクトが填め込まれていて、志宣を異国の男のように見せていた。

「それは……」

「下手ですが、変装ですよ。やはり御茶の水署の警察官には、こんな姿は見せたくありません。響警部は、いずれこんな所轄の警察を出て、元のインターポールに戻ると思ったから、あえて正直に話しました」

「確かに俺は、インターポールのアジア担当刑事だ。完戸は、俺の正体を見抜いたんだな」

「はい。願わくば、王を雇った人間、または組織にまで辿り着きたいんです。そいつらを潰さない限り、将英に本当の平和は訪れないでしょうから」

アジア圏の言語に強いことで、志宣は将英の役に立つことが出来る。それもまた強みだった。

運命は、志宣をついに追い落とした。日本という枠の外へと、出て行かざるをえなくなったのだ。

その時、響の携帯が鳴り出した。響は最初、志宣がいることで出るのを躊躇していたが、しつこく鳴り続けるので、ついに携帯電話を開いた。

「はい、響……何だって！」

観覧車はまたもや一番高いところに差し掛かる。なのに立ち上がり掛けた響は、そのまま一気に外に飛び出しそうな勢いだった。

「警戒はしていたんだろう。県警は何をやってるんだ！　集中治療室にいる、死にそうな病人だって!?　だからどうだっていうんだ。あいつは荒れ狂う日本海に、片腕を切り落とされて放り込まれても、生き延びた男なんだぞ」

「……」

響の言葉で、志宣はすべてを一瞬にして悟った。

王が逃げた。集中治療室での治療を必要とするほど、体はぼろぼろになっていただろう。それでもまだ逃げ出せる余力があったのだ。

「今すぐ、周囲を非常警戒してくれ。逃げた仲間が何人いたのか、正確な数が分かっていないんだ。それも手落ちだったな」

電話が切れた途端に、響は無言で観覧車のドアを殴りつけた。

観覧車の箱は、その一撃で大きく揺れる。地上の様々な光が、志宣の目の中に残像を残した。

「王を逃がしたんですね」

「病院が爆破された。あれだけ厳重に警戒するよう言ったのに、重病人だからと甘く見ていたようだ。やはり東京の警察病院に、無理にでも搬送すべきだったな」

響は心底悔しそうにしている。

「外国人犯罪者に対しては、危機感が希薄になるんですよ。どうせ逃げられないと思うせいかもしれない」

「そうだ。海があるから逃げられない。みんなそう思う。だがやつらは平気で海を渡ってやってくる。国境なんて、問題にもしていない」

「王は、将英を狙ってくるでしょうか?」

「分からない。だが、それだけの体力は、もう残っていないだろう。一度はどこかに身を潜めるはずだ」

かつて荒れた海に放り込まれて生き延びた男は、今度は炎の中から生還した。

志宣はそんな王に同情した。

もしまともな道に進んでいたら、彼はそれなりに出世しただろう。政治の世界に入ったら、新世界をリードしていくようなニューリーダーになれたかもしれない。

「憎しみからは何も生まれない。そう信じてきましたが、王を見ているとそう思えなくなってきました。もしかしたら彼は、自分に対して理不尽な世の中を憎むことでしか、生きられないのかもしれませんね」

「そうかもしれない。だが進む道を間違った。今回、完戸の命を奪えなかったことで、今度は自分の命を狙われる」

「王を雇った組織が、制裁を加えるということですか？」

「ああ、いくらでもチャンスはあったのに、王は楽しみすぎた。本当に飢えた獣は、一撃で獲物を倒す。完戸を倒せなかったことで、やつの評価はかなり下がっただろう。それを口実に、やつを潰して、これまで築き上げたものを、根こそぎ奪う……そういうもんだ」

獲物を捕って太った野獣を、今度はハンターが狙う。ハンターが稼いだ金を、今度は犯罪者が狙う。そうやってまるで食物連鎖のように、より大きなものが食っていくのだ。

将英の救いは、私欲の為だけに動いていないことだ。食い尽くしてしまうより、自由にさせて自分達のために使ったほうがいいと思われている限り、将英を消そうとする敵と同じだけ、将英を守ろうとする味方も現れる。

「和倉葉、充分に警戒することだ。手負いの野獣は何をするか分からない」

「王は野獣ではありません。龍……架空の生き物ですよ。彼は……現実にいる生き物ではないんです。肥大した夢が作り上げた、幻想の生き物でしかない」

志宣の言葉に、響は考え込む。

「君は変わったな。それとも俺は、君の表面的なものしか見てこなかったということなんだろうか……」

「そうですね。これまでは飼い猫でしたが、野良猫になりました。いつか獅子になりたいと夢見る、愚かな野良猫です」

「引き続き、君のお母さんのガードは続ける。安心してくれ」

「ありがとうございます」

再び観覧車は地上に近づく。響は今度は何があっても下りるだろう。思ったとおり、ドアが開くと同時に外に飛び出した響は、すぐに携帯電話を取りだした。

「県警の責任者を出してくれ。何、現場が混乱してるって！　そんなことは分かってる」

いらつく響から、志宣はそっと遠ざかる。最初はゆっくりと、けれどやがて足を速めて、出口に向かう人達の間に紛れ込んだ。

その志宣の横に、いつの間にか将英が寄り添っている。二人は何も言わないで、そのまま駐車場に向かった。

志宣の家の駐車場には、九州から運ばれてきたクラウン・マジェスタが駐まっていた。警察で散々調べられたのか、内部はどこか雑然としている。その横に、将英は自分のチェロキーを駐めた。

「待っててくれ。すぐにいるものだけ取ってくる」

「いや、一緒に行く。王が逃げたとなったら、何がどうなってるか分からないからな」

将英は辺りを警戒しながら、家の鍵を開けようとする志宣の背後に寄り添った。

「み――――っ」

「んっ…」

志宣は聞き慣れた声に足下を見た。美しい三毛猫が、志宣の足下にすり寄っている。

「みー、向こうの家にお戻り。こっちは危ないよ」

「みー――っ」

猫には坂の上の本宅も、同じ和倉葉の家だなどということが分からない。この家で育った猫にとって、家はここだけなのだ。

「お帰り…戻るんだ」

けれど猫は、玄関の引き戸が僅かに開いたと知ると、小さな体を無理に隙間に押し込んで、家の中に入ってしまった。

「困ったな」

志宣は急いで猫の後を追う。そして車同様、他人の踏み込んだ跡がはっきりと分かる室内を見渡した。

荒れている。そんな印象を強く受けて、志宣は悲しみに沈んだ。

猫は台所に入って、うろうろしている。本宅でも食事をしているだろうに、この家でやはり食べたいのだろう。

「みー、可哀相に。やっぱりこの家がいいんだろうな」

その時、背後で人の気配がした。将英はすぐに扉に隠れて、着ていた革ジャンの隠しポケットに手を忍ばせる。入ってきた人間のほうも、玄関の鍵が開いていて驚いたのだろう。すぐに声を掛けてきた。

「だ、誰かいるんですか？」

その声に、志宣は急いで顔を出した。

「まつえさん。私だ」

「ぼっちゃん」

お手伝いのまつえは、不審者の正体が志宣だと知って、玄関にへなへなと座り込む。

「みーが、ちょっと目を離すと、すぐにこちらに戻ってしまうものですから、捜しに来たんです。あの、すぐに奥様を呼んでまいりますから」

「いや、待ってくれ」

明るく染めた髪を見ただけで、母は驚くだろう。カラーコンタクトは外せば済むが、派手な服は今すぐに着替えることも出来ない。

「待てません。奥様がどんなに心配なさっていたか。つい先日まで、寝込んでいらしたんですよ。なのに一度も顔を見せないなんて、ひどすぎます」

「すまない。いろいろとあってね」

「どこにも行かないでくださいね。すぐに奥様を連れてまいりますから」

慌ただしく本宅に戻っていくまつえを見送りながら、志宣は散らかった部屋の掃除を始めた。

「母は本宅が嫌いなんだ。兄さんはよそよそしいし、嫁さんは遠慮なく何でも言うような人だから居心地が悪いんだろ。こっちに戻してあげたいが……」

志宣の悲しむ様子を見ているだけだった将英は、その時、とんでもないことを提案した。

「家が広いから、いっそ同居人を置いたらどうだ」

「同居人？」

「俺が目を掛けてる留学生が何人かいる。家賃は払うし、常に誰かいるようにして、ボディガードの役目をさせるから、それなら安心だろ」

「無理だ。母は……知らない他人となんて暮らせない」

「志宣がそう思いこんでいるだけだ。面倒を見ないといけない人間がいたら、お袋さんも変わるだろう」

「……」

将英は口にしたことを必ず実行する。志宣は家の中を見まわし、自分以外の誰かに向かって、母が笑いかけている場面を想像した。

胸が痛んだ。

志宣はそんな自分が、母を深く愛していたことを改めて強く感じた。

「俺がこの家に押しかけた時、よく知らない人間なのに、あの人は優しくしてくれた。嬉しかったが、警戒心がねぇなと思ったよ。今回のことだってそうだ。料理が届いたら、疑いもせずに受け取った。そうしてる間に、車や玄関のスペアキーを盗んだんだろう」

「しょうがないさ。母は、ここしか知らない。お嬢様学校の短大を出て、すぐに父に……」

親子ほど歳の違う秘書を手に入れるのに、父はさぞや狡猾に立ち回ったことだろう。そんなことを想像するだけで、志宣の頭はきりきりと痛んだ。

「誰にでも優しく出来るっていうのは、とてもいいことだ。志宣としては、出来るならお袋さんには、一生変わらずにいて欲しいだろ?」

「……そうだな……」

「志宣を奪っていく代わりに、何か生き甲斐になるようなものを置いていく。俺が連れてくる人間だ。決しておかしなやつらじゃないと約束するから、お袋さんにうまく話してくれ」

「ああ……」

自分はここを出て行く。そして代わりの誰かが、母の笑顔を誘い出すのだ。

それがこんなにつらく感じられるなんて、自立出来ていない証拠だ。将英はとうに親から自立して、一人で生きているというのに、恥ずかしいなと志宣は感じた。

ライオンは大人になれば群れを追い出される。同じ家の中で、親子で飼われる家猫とは違っていた。いつまでも飼い猫ではない。野良猫になったのだからと、志宣は自分を納得させた。

「しのさんっ、どこっ」

玄関で母の声がしたと思ったら、真っ先にみーが出て行く。尻尾をぴんと立てたその姿には、住み慣れた家で愛する者を出迎える喜びが溢れていた。

「しのさん、まぁ、どうしたの、その恰好は」

猫を抱き上げながら、母は今にも倒れそうによろめいて志宣に支えられた。

「お母さん、すいません。ずっと極秘の任務についていて、帰って来られなかったんです」

嘘の下手な志宣だが、母を安心させるためには仕方がない。

そうでも言わなければ、母がどうかなってしまうだろうと思ったのは、久しぶりに見た母の姿が、あまりにも変わっていたからだ。

すっかり痩せてしまった。いつも手入れされていた美しい黒髪には白いものが混じり、化粧もどこかなげやりだった。

母をこんなに変えてしまったのが自分だと思うと、志宣の胸は激しく痛む。これから将英と一緒に歩むことになったら、もっと母を心配させることになるだろう。

「完戸さん……いらしてたの？」

母はずいぶん前に一度だけこの家を訪れた将英のことを、今でも忘れずにいた。あまり来客などない家だ。志宣も滅多に友人など連れて来ない。そのせいで印象に残っていたのだろうか。

いや、将英は、一度親しくなったら、忘れられなくなるような男だ。母でなくても忘れることはないだろう。

「実は……インターポールの仕事に回されました。極秘任務なので、家族にも居場所を教えられません。彼は、同僚です」

さらに志宣は嘘をついた。

「まぁ、そんな大変なお仕事をなさってるの？　危ないんじゃない？」

「いえ、ほとんどが通訳とか翻訳の仕事です。ただ外国に行った時に、現地で怪しまれないように、こんなおかしな恰好をしています」

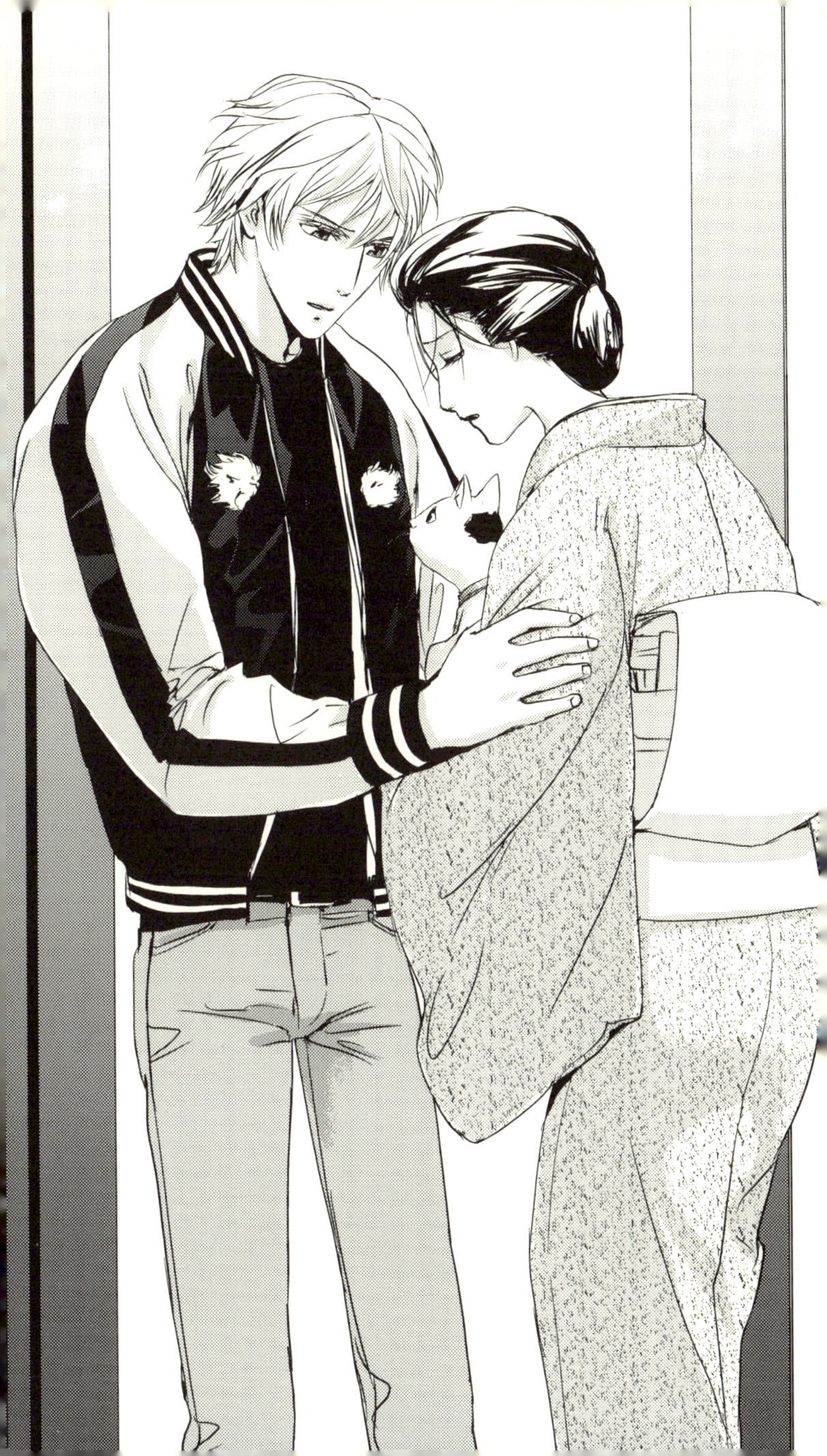

本当は警察関係者に発見されないための、下手な変装だ。それでも母は、志宣の言ったことを疑わなかった。

「しばらく外国に行きます。それで、この間のように物騒なことがあると困るので、これは提案なんですが、留学生を下宿させたらどうですか？」

「身元は俺が保証しますよ。タイとスリランカの青年ですが、日本の企業の支援を受けて勉強に来てるんです」

将英もすぐに口添えする。

志宣に縋り付いていた母は、顔を上げてじっと志宣を見つめた。

「そうね。しのさんの代わりに、誰かのお世話をして差し上げるのもいいかもしれないわね。しのさんは、もう大人になってしまったんですもの」

「……はい……大人になりました。お父さんより、強くなったかもしれません」

今、何よりも志宣が恐れるのは、王が自分に何をしたかだ。

父を憎んでいることも、志宣は思わず口にしただろう。それを聞いた王は、また何か心に仕掛けをしたかもしれない。

父のことを考えると、頭が痛くなる。それが凶兆のようで、志宣は出来るだけこの家に戻りたくなかったのだ。

「せめて今夜だけでも泊まっていって」

「いえ……まだ勤務の途中なので、必要なものだけ取ったら出掛けます」

「そんなに忙しいの……」

「はい」

聞こえる筈もないのに、キーッ、バタンと、本宅とここ別宅の境にある木戸の開く音がした。

そして黒い影にしか見えない父が、ゆっくりと歩いて家に近づいてくる。

志宣は自分の部屋から、いつもそんな父の姿を見ては、あの男さえいなければ、母が自由になるのにと思っていた。

だが、いつだって母は出て行けた。こうやって志宣が出て行けるように、決心さえすれば出て行くのは簡単なことだったのだ。

母は猫と同じだ。

よそでは結局暮らせない。

だから父は、母をここに置いたのだ。それを責める資格は、志宣にはなかった。

志宣は将英と二人で、自分の部屋に入った。母はその間に、せめて簡単なものでも食べさせようと、料理の準備をしている。

着替えなどいらないと将英は言うが、志宣は何着かの気に入った服をスーツケースに詰めた。そして思い出の品でも詰めようと思ったところで、手が止まった。

この家から持ち出すような思い出は、何もないことに気がついたからだ。

「将英、私は怖いんだ」

中学生の時に作った花瓶を手にして、稚拙ながらも味があるなと思いつつ、志宣はまた元の位置に戻す。

窓枠に座って外を眺めながら煙草を吸っている将英は、思い詰めたような志宣の様子に眉を顰めた。

「何が怖いんだ」

「王が私に施した催眠術は、いったいいつになったら消えるんだろう。突然、私は誰かを殺したくなるんだろうか」

将英に抱かれて興奮する度に、志宣は意識を失う。その間は、将英に対して殺意を抱いているのだ。

そんな危うい状態では、いつか将英に見限られると志宣は怯えていた。

いい加減な男ではないと将英を信頼しているが、やはり不安になる。何よりも怖いのは、将英が気を抜いた時に、本当に傷つけてしまわないかということだ。

「心配するな。明日、いい精神科医のところに連れていってやる。その先生、催眠術や暗示を解くのが得意らしい」

「解けるといいけれど、出来なかったら、一生私は将英の重荷になっていくだけだ」

「そんな考え方はするな。俺は重荷になんて思ってない。そんなことになったのも、みんな俺のせいなんだから、荷を軽くしてやるのが俺の責任だろ」

次々と箪笥の引きだしや、デスクの引きだしを開けながら、志宣はこんなふうに自分の心の中から、いらないものも簡単に取り出せればいいのにと思った。

「王は逃げ延びたのかな。響さんに連絡取りたいが、今は無理だろうし」

「逃げただろう。棺桶の中だろうが、糞だらけの豚の間に挟まっていようが平気なやつさ。何があってもあいつは逃げる」

「私を自由に出来るのは、もしかしたら王だけかもしれないのに」

「そんなことはない。必ず、元に戻るから」

志宣を安心させようと将英は言う。

その時、微かな音が聞こえた。

キーッ、バタン。木戸を開き、閉める音だ。

まつえが本宅から何か運んできたのかと思った。けれど違っていて、志宣の目は黒い長身の影を見つけていた。

「……」

志宣は将英に近づき、その体に抱き付いた。

「どうしたんだ。不安になったか？　だからってこんな場所で、いきなりやろうって気にはならないだろう？　それとも……不安を消すために、俺に抱いて欲しいのか」

将英はいつもよりずっと優しく、志宣の体を抱き締めた。

だが次の瞬間、将英は革のコートのポケットに入ってくる志宣の手を、ぎゅっと握りしめていた。

「志宣…どうした」

志宣は何も言わない。ただ将英の銃を奪おうと必死になっている。

「目を覚ませ。しっかりしろよっ」

将英は思いきり志宣の頬を叩いた。その程度では、正気を取り戻すのは難しいのか、志宣は無言のまま将英の銃を取ろうとまた挑み掛かってきた。

「まずいな。どうやったら、元に戻るんだ」

将英は王を呪いながら、志宣の鳩尾に拳をめり込ませた。さすがにそれは効いたのか、志宣はぐったりとなって将英の腕の中に崩れ落ちた。

「志宣が帰ったのか？」

階下で人声がする。志宣の父の和倉葉だ。

「まいったな。まさか、これほどひでぇとは思わなかった。何人を殺すようにインプットしてあるんだ。調べるのも面倒だぜ」

和倉葉に会わせてはいけない。将英は二階にある志宣の部屋の窓から、どうやって脱出したらいいのかを必死で考えた。

一人だったら楽に抜け出せる。けれど意識を失った志宣を抱えていかないといけない。

「まぁ、撃たれる心配がないだけましか」

志宣がもし意識を取り戻して、また銃を手にするかわからない。将英は銃をジーンズとベルトの間に挟み、志宣を肩から担いで外に出た。

「しまった。靴を忘れた」

戻るのは無理だ。どうするかと屋根の上で悩んでいる時に、もぞもぞと志宣が動き出した。

「おい、何でこんな時に気がつくんだよ」

「将英……んっ……何してるんだ？」

「じっとしてろ。動くな」

「だって」

そのまま将英はゆっくりと屋根の端に近づく。志宣を抱えたまま飛び降りるのは、やはり無理だった。

「志宣、いいか。王の呪いに負けたくなかったら、今すぐここから出よう」

「私がまた何かしたのか?」

「いいから。俺が靴を取ってくるまで、そこでじっとしてろ。おかしな真似するようなら、また殴る」

二人はよろよろと屋根から飛び降りた。

「私は……いったい何をしに戻ったんだ」

将英は激しく落ち込む志宣のスカジャンを無理に脱がして、それで手を縛り付けた。

「じっとしてろ。俺が銃なんて持っているのが悪い。いいか、待ってろ」

「うん……かくれんぼだな、将英」

「そうさ。だがすぐに見つける。俺がかくれんぼが得意なのは、お前が一番よく知ってるだろ」

志宣を励ますと、泥棒猫のようにそっと動いて、将英は志宣の家に戻っていった。

鎖は何のために必要なのか。

獰猛な獣を繋ぐためなのか。

その部屋には、無数の鎖が天井からぶら下がっている。その鎖の端には革製の手錠が着けられていて、志宣の手足はその一つ一つに嵌められていた。

体は宙に浮いている。動く度に、鎖はぎしぎし揺れた。

「ああっ……あっ……」

自分の重みで、手足が痛む。楽になるには、誰かの支えが必要だ。その支えになるべき将英は、素っ裸で立ったまま生温いビールを飲みつつ、煙草を吸っていた。

「こんなことばっかりしてると、これが癖になっちまいそうだ。さっさと王を見つけて、お互いに自然な形で抱き合いたいもんだな」

「ああ……将英……手が……痛い」

「しょうがねぇだろ。興奮すればするほど、暴れ出して手がつけられなくなるんだから」

将英はため息をつきながら、運命に翻弄される美しい牡丹を見つめる。

ちょうど手足の牡丹の刺青のところに手錠が被さっているのが、何だかすべてを象徴しているかに思えた。

「ここに隠れてるのは分かってるんだが……傷が完全に治るまで、やつは出てこないつもりか」

重たそうなカーテンに近づき、そっと開いて将英は窓の外を眺める。

外は極彩色のネオンに溢れていた。しかもそこに書かれている文字は、ほとんどが中国語か英語だ。

病院から王が逃げて一週間、王の逃亡先が台湾だと知って、将英は志宣を連れて台湾にやってきていた。潜伏先は台北の繁華街だと調べがついているが、王とその部下の足跡が掴めない。

将英は苛立っている。

先週、志宣を連れて精神科医の元を訪れた。その時に言われた言葉が、ネオンの点滅を見ていると思い出された。

精神科医は光が点滅を繰り返すおかしな機械や、実際に自分も催眠術を使うらしく、不思議な語りかけで志宣の心に侵入を試みた。

そして出た結論は、志宣にとって残酷なものだった。

「この催眠を解くには、キーワードが必要になります。そのキーワードを催眠時にそれを言った本人から言われない限り、この催眠は解けそうにありませんな」

精神科医はそれしか言わなかった。薬を使ってもいいから、もっと他に方法はないかと将英が詰め寄ると、下手にやると心にずっと障害が残るかもしれないと脅された。

時間があるなら、どうにか少しずつ解決策を見つけられるかもしれない。そう言って希望も残してくれたが、将英は急いでいる。

セックスする度に、志宣の凶暴度が増してきていた。だったら抱かなければいい。そう思うのに、将英はそれが出来ない。

いつ殺されるか分からない身だ。自分が死ぬだけではない。いつか志宣を失う危険性もあった。永遠の約束がない恋は、いつでもぎりぎりだ。感情だけで燃えていると、あまりに熱くて自身をも焼き尽くしてしまう。その熱を冷ますのに、抱き合うことが将英には必要だった。

「ああ……将英……抱いて…」

志宣が苦しげに呻く。

明らかに志宣もおかしくなってきている。セックスのクライマックスで、将英を殺すようにインプットされているせいだろうか。これまではどちらかというと慎ましい恋人だったのに、最近は積極的に将英を誘うようになってきていた。

志宣もそんな自分が何かおかしいと、感じ始めたのだろう。どうにか自制しようとするが、そうすると心が分裂したように、別の人格が顕れて志宣を支配するようになっていた。

「いつまでこんな命懸けのセックスをしないといけないんだ」

将英はカーテンを握りしめて嘆く。

台北の繁華街にある、こういった趣味の人間達のために、特別に用意された部屋だ。そこを借りているが、部下達もそろそろそんな将英に苦言を口にするようになった。

腹心の林は、志宣を日本のそういった病院に入れろと勧めた。将英の命が狙われているこの時期に、わざわざ足手まといになる志宣を、つねに側に置いているのが気にくわないのだ。

林に言われなくても、自分がどんなに愚かなことをしているか、将英自身が分かっている。だが、志宣を病院に入れても、何の解決にもならない。

もう一度、王に会わせないといけない。そうしたらキーワードを聞かなくても、何か志宣の中で呪縛が解けるかもしれない。

「志宣に殺されるんなら、それもありだとは思うがな」

将英はカーテンを閉めて、吊されたままの志宣を振り向いた。

「ああん……は、早く……ああっ…」

「何もされてないのに、感じてるのか？　そんな自分が嫌だろう…」

志宣に近づいた将英は、その体の中心で盛り上がっているものに、そっと指を這わせた。

「ああ……もっと……触って…」

「……」

蜜が溢れ出したものを、将英は悲しく見つめる。

「酷いことをしやがる。その場で殺すより、ずっと残酷だ」

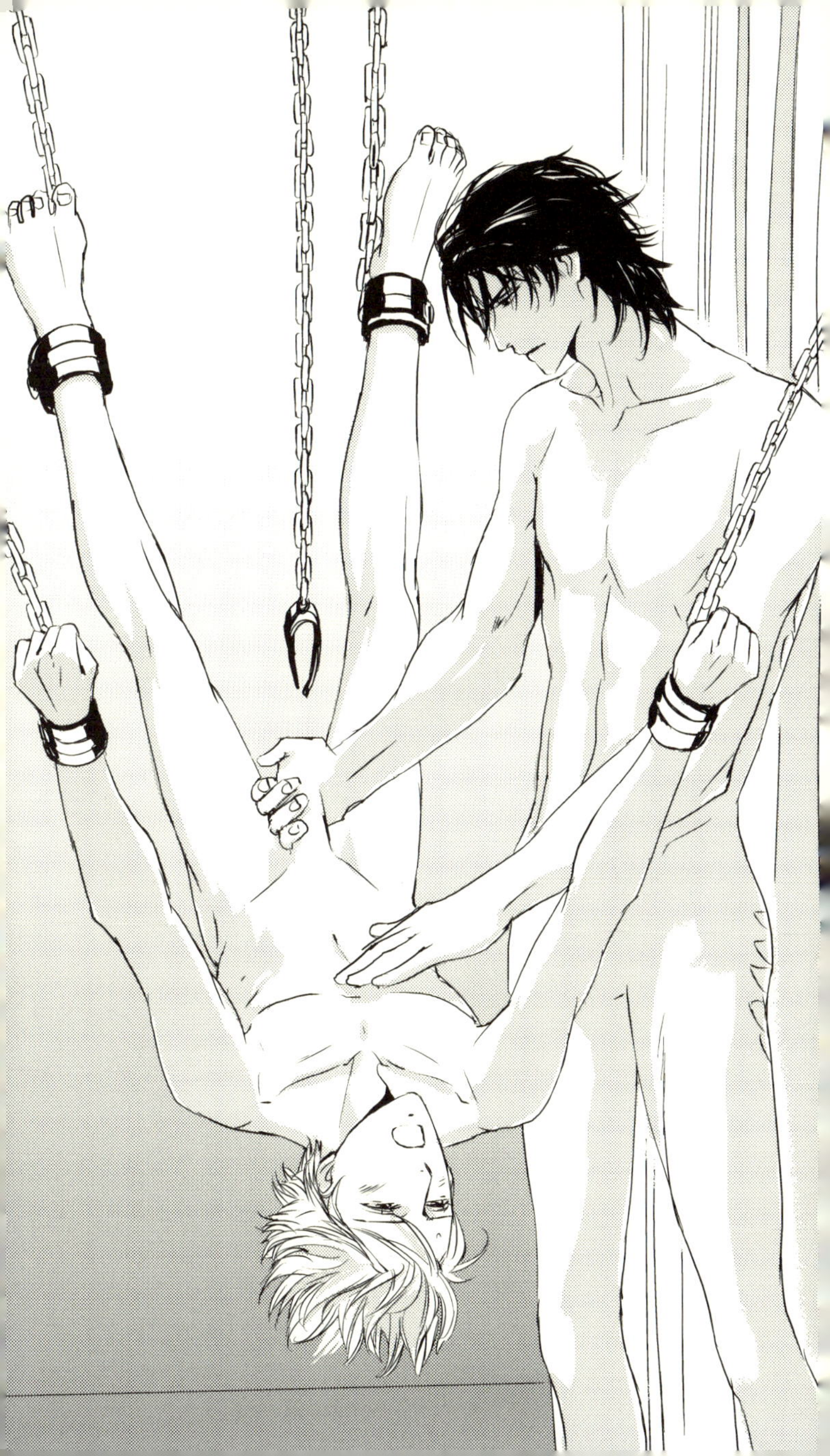

王の酷薄さが、よく分かる仕打ちだ。

将英を自らの手で殺してしまったら、志宣は衝撃のあまり後追いで自殺するだろう。もし暗殺に失敗しても、将英は志宣を殺さない。殺すどころか、責任を持って手元に置く。そう読んだから王は、失敗した場合は、志宣の人格が崩壊していくようにし向けたのだ。

「嫌な野郎だ。人を苦しめて楽しむなんてな」

部下達が必死になって王の行方を追っている時に、こんな部屋で情事を繰り返しているなんてすまないと思う。けれど志宣の精神を安定させるには、今はセックスしかなかったのだ。

志宣の両足を手で掴んだ。そして大きく開くと、将英はその間に体を潜り込ませた。

「将英……すまない。愛してるんだ。なのに、君に迷惑ばかり掛けてる」

正気が戻ってきたのか、志宣は悲しそうな顔をする。

「このところ頭痛がひどい。そうなると、何も考えられなくなる。私は、将英に酷いことばかりしてるんだろうな」

「いいから、気にするな」

「ここだって、普通のホテルよりずっと高い筈だ。こんな部屋でなければ、一緒にいられないなんて、どうして…」

「王を見つける。そうすればみんな片付く筈だから安心しろ」

「父を、殺したいのかな……。殺そうとしたんだろ。本当に殺してしまって、刑務所に入るべきだったんだ」

譫言のように言う志宣に、将英は苛立つ。

「刑務所になんか入ってみろ。そんな綺麗な面したやつは、いいように狙われるだけだ。しかも元警察官となったら、余計にいたぶられるぞ」

「いいんだ……いっそ……苦しんだほうがいい」

「ふざけるな。俺がそんなことは絶対にさせない」

将英は志宣のなんとも扇情的な姿を見て、無理にでも自分を興奮させていく。そして屹立したものを、志宣の体にゆっくりと押し込んでいった。

「ああ、あっ、ああっ」

志宣の体が大きく揺れて、それにつられて鎖がちゃらちゃらと鳴った。将英が激しく動く度に、鎖はさらに大きな音を響かせる。

完全に防音した部屋だ。音は外に漏れる心配はない。

「ああっ、あっ……んっ……んんんっ」

声の調子が変わった時が、志宣のもっとも危険な時だ。

来るなと、将英は覚悟した。

「ううっ」

志宣は手足をばたつかせ始める。まるで悪魔に取り憑かれたかのように激しく動いて、将英の体に掴みかかろうとした。それが無理だと知ると、志宣は顔を近づけてくる。

噛むつもりなのだ。

「活きのいい猫だな」

将英は志宣の胸を押して、軽くその体を遠ざけた。

「だが、俺はライオンだ。生意気に噛みつこうなんてするんじゃない」

「ううっ……ああっ…はっ、はぁーっ、あっ」

体はいいように貫かれている。どんなに意識がなくても、激しいセックスは志宣の体を蕩けさせた。

「んんっ、うっ…」

「ここだけは変わらない。いい感じで締めてくる」

「ああ……殺さないと…ああっ…いけないんだ」

志宣は恐ろしいことを口走りながら足掻く。

「そうだな。やれるもんならやってみろ。王、俺は負けない。いつか完全に志宣を取り戻す。こいつは俺の牡丹だ。勝手に摘んで、自分の庭に埋めるな」

「んんっ…ああっ…将英……助けて…ああっ」

時折、優しい声で救いを求めてくるが、それで油断してはいけない。隙があればすぐに志宣は襲ってくる。

「おかしいな。こんなことしてるのに、俺は志宣が可愛くてしょうがねぇ。俺のために狂ってる志宣が……ますます好きになっていく」

今は何を言っても、志宣の記憶には残らない。そう知っているから、将英は平気で普段は恥ずかしくて言えないようなことを口に出来る。

「おかしいよな。おかしいだろ」

将英の胸は、切なさで溢れた。

鎖で繋がないと、愛し合えない恋人。

なのに愛しくてたまらないのだ。

「その腕の牡丹は飾りじゃないだろ。志宣、背中の唐獅子が寂しがってる。頼むから、早く正気に戻って、優しく抱き締めてくれ」

「ああ……将英……愛してるのに…」

その言葉も終わらないうちに、志宣は上半身を起こして、将英に激しい頭突きをしようとする。

鎖が大きく揺れた。

将英は志宣の体を押さえると、力ずくで犯し続ける。

そうしているうちに、ついに志宣は悲鳴を上げた。

「あっ、あっ、ああっ」

白っぽい精液が志宣の体内から飛び出し、途端に志宣の全身から力が抜けて、鎖は勢いよく下に下がった。

将英も悲しみながら、志宣の中に自分のものをぶちまける。

抱かれたい。強く、志宣の腕に抱かれたい。そう思いながらも、叶わない思いに将英は焦れていた。

「ヘイ、ボス。ショウーポーロー、うまいね」

志宣が正気でいられる時間、将英は部下達とレストランで食事をした。

エディは何も考えない。目の前にある旨い料理に、ただ喜ぶだけだ。

「志宣。もっと食べろ。ユー、やせてる。あまりよくない」

志宣の皿に、エディは料理を載せてやる。志宣はそんなエディに微笑んでみせた。

「ありがとう、エディ…」

「ボス、林、喧嘩はナッシング」

言われて将英は、自分の隣に座る林をちらっと見た。

「別に林と喧嘩はしてねぇよ」

「ノー、林、ジェラシー。志宣が一番、それが嫌い」

「よせよ、エディ。俺と完戸さんは、そういう関係じゃない」

林は不機嫌そうに、ビールを飲み込んだ。

「すまない。私のせいで、迷惑掛けてるな」

志宣はますます暗くなっていく。それを見てしまった林は、志宣のグラスにビールを注ぎ足した。

「そんな弱気がいけないんですよ。いいですか、志宣さん。あんたはそうやって、すぐに諦めてしまうからいけないんだ。拉致される時だって、本気で抵抗しましたか？　今はそんな精神状態だから、銃を持たせるわけにいかないけどね。自分の身を、銃で守れるくらい強くなって貰わないと、完戸さんの側にはいられないですよ」

珍しく林が熱くなっていた。

将英は苦笑しながら、料理の合間に煙草を口にする。この悪癖は、どんなに志宣に注意されても直らない。

「志宣さん、あんた、死にたいんじゃないですか。そんな精神状態だから、王に利用されるんです。心が強ければ、暗示になんてそう簡単に引っかからない。あんた、信仰を持ってないでしょ」

「林、それぐらいにしとけ」

「いや、言わせてください。言うのは今夜だけです。完戸さんは惚れた弱みで、何も言えないからね。志宣さんに強くなって貰わないと、俺達の命までやばくなりますから」

「ありがとう。迷惑掛けないように、私もしっかりしないとな」

志宣は素直に林に頭を下げた。

レストランでは様々な国籍の人間が、それぞれの国の言葉で話している。志宣はそのうちの半分以上は理解出来た。

この能力を、将英のために生かしたい。そのためには、どうにかこの苦境を脱出したかった。

その時、テーブルに近づいてくる男が志宣の目に止まった。

「将英、王の部下だ」

志宣は素早く立ちあがり、将英の体を守るようにその肩を抱く。

林にエディ、他に三人の同席していた将英の部下達は、テーブルの下でいっせいに銃を手にした。

『何も持っていない。丸腰だ』

鼠のような小男は、地味な紺色のスーツ姿だ。眼鏡をしていて、ネクタイはいかにも安物だったから、見かけだけはその辺りで働くサラリーマンのように見えた。

けれど全身に隙がない。両手を挙げて立っているその姿は、いつ攻撃されても、身軽に反撃しそうな殺気に溢れていた。

エディは黙って男に近づき、全身にタッチして武器の有無を確かめる。鼠のような小男は、二メートル近くあるエディから比べると、胸の辺りまでしか背がなかった。

『何の用だ。俺達はディナーの最中だが、生憎とあんたのための席も料理もないんだが』

将英は探るように相手を見ながら言った。

『王大龍から伝言だ』

全員が押し黙る。こうして話に引きつけておいて、いきなり襲撃される可能性もあるのだ。

男達の間を、緊張感が支配した。

『王はあなたとの和平を望んでいる』

『へぇーっ、そりゃどうした心境の変化だ』

『王と組まないか？　組んだら、あなたを殺せと命じた組織のことを教える。王も狙われている。我々は、共闘戦線を組むべきだ』

『そりゃあ、いい考えだな。だが、どうやって信用する？』

小男は立ってじっとしたままだ。下手に動いたら、自分が撃たれると覚悟しているのだろう。表情は全く変わっていなかったが、その額に汗の玉が浮き上がるのを、志宣は見逃さなかった。

『王は傷ついている。けれど、組織力はまだ健在だ。もし王がトップになったら、日本のカジノ建設には口出ししない。あなたも王と組んで、相手の息の根を止めたほうが、いろいろと助かるんじゃないか？』

『そりゃそうだがな、あいつは信用出来ない』

将英は煙草を取りだし、またもや口にする。

「将英、吸い過ぎだ」

志宣はそう言いながらも、将英の煙草に火を点けてやった。

『王は何よりも自分の命を大切にする。金のためにあなたを狙ったが、失敗したのはあなたを軽んじていたからだ。今はそんなあなたに敬意を抱いている。我々は敵対関係になるより、友愛関係でいるのが望ましい』

「ふざけんな。何、てめぇに都合のいいことばかり言ってやがんだ。俺達を何だと思ってる。日本の右翼を舐めてんのか」

部下の一人が早口の日本語で言ったのは、小男には生憎と通じていなかった。

『考えてやってもいい。ただし条件がある。まず最初に、こいつに掛けたつまらない催眠を解いてくれ。そうしたら考えてやってもいい』

将英の申し出に、部下達は押し黙る。そんなことだけで、王の言いなりになるのかと、無言のうちに将英を責めていた。

「いいか、これは交渉だ。あくまでもな」

部下達を安心させるように、将英は小声で言った。

『戻ったら、王に伝えろ。催眠を解いてもらわないと、安心してセックスも愉しめない。完戸将英は、何よりもセックスの好きな男だから、それをクリアしないことには、交渉に応じないと伝えろ』

『わかった。そう伝える。交渉場所は、三日後、このレストランに届ける』

小男はそれだけ言うと、そのまま踵を返して立ち去った。

「いいんですか、そんなことで」

林はまだ銃を手に、辺りを警戒しながら言った。

「王のことだ。こっちがのこのこ出て行ったら、上の組織にその場所をチクっているかもしれない。

自分の保身のためなら、やつは平気でやるだろう」

「だったら、無駄な交渉に応じることはないでしょう。今から、やつを尾行しますか？」

「いや、無駄だ。ここに俺達がいるのを、やつらはすでに知ってる。本気で狙うつもりなら、マシンガンを手にして乗り込んで来るさ。あいつらだって、それが出来ないいろいろな事情があるんだろう」

那須のホテルが焼け落ちた後で、警察は何人かの王の部下を拘束した。けれど彼らは、頑なに沈黙を守り通している。家族が人質に取られているケースが多いので、警察も手をこまねいていた。

王は態勢を立て直すためには、中国本土に戻りたいだろう。けれどそこに戻ったら、自身の命が危ないから、あえて台湾に逃げたと将英は読んでいる。

王を潰すなら、今がチャンスだ。

だが王を潰しても、上から命じられた新たな刺客が来ることを、将英は予測していた。

「どうせなら、お互いに騙しあおう。王が俺を売るなら、俺は逆に王を売ってやる」

将英は不敵に笑うと、自分を守るために盾になってくれた志宣を引き寄せ、自分の膝の上に座らせた。

「志宣……響をここに呼び寄せろ」

「えっ…」

「響と交渉するのが、お前の仕事だろ」

「ああ、そうだ」

「だったらここでベストを尽くして、こいつらを納得させるんだ。そうしないと、お前、いつまでもこいつらに仲間だと認めてもらえないぞ」

「そうだな……」

王が将英を売るなら、将英は王をインターポールに売るつもりなのだ。

狐と狸の化かし合いなどという生温いものではない。ライオンと龍の戦いだ。龍虎の戦いはよく絵柄になっているが、獅子と龍の戦いなんて見たことはあまりない。

将英はそんなことを考えて、一人で笑った。

命はたった一つだ。将英はいつもそう思って生きてきた。

だが今は、命が一つではなくなった。

「将英。私のために、危険な賭なんてするな」

志宣が必死になって止めるのも構わずに、将英は王との対面に備えて、武器の点検を開始する。

自分が死ねば、いずれ志宣も死ぬだろう。そうなれば、命が一つも二つもそう変わらない。

将英はそう結論づけた。

「いいじゃないか。どうせこのままでいても、何も変わらないんだったら、当たって砕けちまったほうがいい」

レストランで会食中、王の部下が訪れた日から三日後、正式な招待状が届いた。場所はダンスホール。おかしな場所での交渉になったが、王にとってもそこが唯一の安全な場所なのだろう。

隠れ家にしているホテルの一室で、将英の部下達もそれぞれの武器を点検していた。銃に弾倉を装着する。さらに予備の弾倉を、スーツのポケットにねじ込んでいた。

「完戸さん。助っ人呼びますか?」

林に訊かれて、将英はしばし考え込む。

そして答えた。

「いや、いらない。インターポールを巻き込むとなったら、裏家業のやつらにとっちゃ、関わりは持ちたくないだろう」

「インターポールは、俺達を助けますかね」

林はまだ懐疑的だ。疑いの眼差しを、じっと志宣に向けていた。

「響は来るのか？」

「来ることになっているが、立場上行くとははっきり言えないんだ」

「そりゃそうだな」

体にぴたりと張り付く白のＴシャツを着た将英は、その上に防弾チョッキを着る。そして白のワイシャツに袖を通した。

「志宣、さっさと着替えろ」

「ドレスコードがある交渉なんて初めてだ」

防弾チョッキを見つめて、志宣は深くため息をついた。

「こんな薄手の防弾チョッキだって、何とか弾避けにはなる。もっとも頭を吹っ飛ばされたら、どうしようもないがな」

将英はスーツのズボンのベルトを締めると、ホルスターを着ける。そこにＭ９２Ｆを一つと、少し小型のコルトを装着した。

「そんなものを着けて、交渉の場に臨めると思ってるのか？」

「ああ、丸腰で来いとは一言も書いてない。ってことは、向こうも持って来るだろう。持たないで不安な交渉をするより、銃を突きつけ合って、本音で交渉するほうがずっといい」

あまり乗り気ではない志宣の前に、将英はもう一つのコルトを置いた。

「古いコルトのコマンダーだ。元はイギリスの将校が使ってた」

「これをどうしろと」

「スーツの内ポケットにでも入れていけ」

「将英、私に武器は持たせないほうがいい」

志宣は怖いものでも見るように、銃から顔を背けた。

「どうしたんだ。警察で銃の扱い方くらいは習っただろ」

「そうじゃない。今の私の精神状態を知っていて、わざとこんなものを渡すのか？」

「そうだ。わざとだ。志宣に後ろから撃たれるんなら、それはそれで俺の運命さ」

将英は強気だ。志宣の心が、王の呪縛に支配されているのは知っている。そのために何度も、志宣に命を狙われるはめになった。

なのに平然と銃を与える。

志宣の手は震えた。

「怖がるな。怖がると、そこに闇が忍び込む。自分は決して負けない。強く、そう念じることだ」

「そんなことだけで、自分を抑えられるだろうか」

「おかしいぞ。志宣は元々、何にも怖がらない強い男だっただろ」

「それは違う……感情が足りなかっただけだ」

愛が志宣を弱気にさせた。

そして愛が将英を強気にさせる。

「ヘイッ、志宣。もしボスを撃つんなら、背中にするといいよ。ボディアーマーがガードしてくれるからね」

エディがおかしな励ましをしたが、林は明らかに不愉快そうだ。

志宣はしばらく躊躇っていたが、ついに小型のコルトをスーツの内ポケットに入れた。

「王は私達を売るだろうか？」

ポケットが異様に膨らんでいないか、スーツ姿を鏡で確認しながら、志宣は疑問をそのまま口にする。みんな同じ思いでいるのは明らかで、誰もがそんなことはないと即座に否定出来ずにいた。

「俺は売るとは思わない」

スーツの上着に袖を通した将英は、志宣と並んで鏡に自分の姿を写しながら言った。

「もし俺を売ったら、自分の雇用主に王は媚びたことになる。命は惜しいだろうが、プライドの高い男だ。自分の命を狙ってきた相手に、ご機嫌伺いをするなんて、死んでも嫌だろうよ」

鏡の中には、逞しい将英と美しい志宣の姿が、寄り添って映っている。将英は自分の横にいるのが志宣であることに満足した。

「問題は、王を雇ったやつらが、すでに王の裏切りを予想してる場合だ。俺達が同時にそこにいたら、やつらにとっちゃ絶好のチャンスだからな」

将英は志宣の肩を抱き、安心させるように力強く自分に引き寄せた。

「俺は自分の運命を信じてる。東雲の親爺が俺に跡を継がせたのは、国のために少しでも役に立てると思ったからだ。それでも裏家業だからな。誰が褒めてくれるわけでもない。死んでも、それで悲しんでくれるやつもいない」

「そんなことはない。将英が死んだら、私は…」

「志宣は悲しまなくていい。お袋さんには悪いが、俺が死んだらすぐに後を追って来い。だって、そうだろ、お前は……俺の牡丹なんだから」

その言葉に、志宣はこくりと頷いた。

英語と中国語でダンスホールと書かれたネオンが、極彩色で光っていた。入り口にはボディガードらしき男達がいたが、将英が王の名前を出すと、ボディチェックもせずにそのまま通してくれた。

店内には、華やかなドレスを着たメイクの濃いダンサー達が、指名されるのを待って立っている。ダンスといっても、フロアでちゃんと踊っているような客は少ない。みんな必要以上にダンサーを抱き締めて、体を密着させじっとしているだけだ。

ダンサー達はスーツ姿の男達に、一瞬精一杯の媚びを売る。けれど彼らが、カーテンで仕切られたＶＩＰルームに向かうと知った瞬間、途端に興味を無くした。

『ボディチェック無しとはさすがだな』

ＶＩＰルームの入り口で出迎えた小男に向かって、将英は苦笑しながら言った。

『どうぞ…王大龍がお待ちです』

重たいカーテンが引き開けられると、テーブル席の中央に、大きなサングラスと帽子姿の男がいた。帽子はつばのある黒で、マオカラーのスーツ姿には違和感がある。

王は大事な客の前だというのに、決して帽子を取ろうとはしなかった。

「手打ち、確か日本ではこう呼ぶんだったな」

「まあな」

将英は王の正面になるように座った。部下達は全員、座らずに立っている。それは王のほうも同じで、さほど広くはないVIPルームが、異様な雰囲気に包まれた。

「まったくよぅ。いいセンスしていやがる。俺の大事な牡丹に、とんでもねぇ悪戯をしてくれたじゃねぇか。お陰で、いく瞬間、あの世までいっちまうところだったぜ」

煙草を取りだし、将英は口に銜える。すると部下が素早くその先端に火を点けるべく、ポケットからライターを取り出そうとした。

その僅かの動きが、男達を混乱させたのか、王の部下はいっせいに銃を取りだした。

「おい。最初からそういうつもりか？　数は合ってねぇな。そっちのほうが多いってことは、不利な交渉じゃねぇか」

将英がふて腐れたように言うと、王は手で示して銃を下げさせた。

「そんなつもりはない。軽率な部下のことは謝る」

「へぇーっ、マジかな？　龍にはプライドがあるか？　義とか信とか、正なんて文字、意味を知ってるのかな」

「ああ、知ってる。取引という日本語も知っているし、裏切りの意味もわかっている」

王はじっとしたまま動かない。手足に四発の銃弾を浴びている。さらに火傷もしているだろう。この僅かの間に、いくら驚異的な体力を誇っていたとしても、完治したとは思えなかった。

座っているのもかなりきついのではないか。だがそんな気配は微塵も感じさせず、王は相変わらず堂々としていた。

「牡丹に掛けた、つまんねぇ暗示を解いてくれ。キーワードは、あんただけが知ってるんだろ。交渉はそれからだ」

「完戸。弱味を持つのは、帝王に相応しいことだとは思えないな」

王は冷笑を浮かべる。けれど将英は、そんなことで怒りはしなかった。

「弱味じゃねぇさ。牡丹がいるから、死ぬわけにはいかなくなった。俺が死ねばこいつも死ぬ。それはいやなんでね。二人分、生きないといけねぇんだ」

「愚かだな……しかも相手は男。跡継ぎも生んではくれないぞ」

「そんなものは欲しくない。それこそ足枷をはめられるようなもんだ。跡目は信念を持った男に継がせる。それが俺達のルールだ」

東雲叡山は、そのために血の繋がらない将英を養子にした。

叡山には、将英を息子として愛する気持ちは果たしてあっただろうか。こんな修羅場ばかりが続くと、愛があったらこんな地獄に突き落としはしないだろうと将英は思う。

獅子は我が子を谷底に突き落とす。

それが厳しい親子愛というものだ。

そんな諺は嘘っぱちだ。谷底に突き落とす瞬間、親獅子は自分のほうがまだまだ強いと、優越感に浸っている。這い上がってきたらきたで、今度は噛みついてでも自分の優位を示す。

死んで骨になるまで、男というものは自分が一番強くありたいと望む、愚かな生き物だと将英は信じていた。

だから志宣は特別なのだ。

志宣は決して強くあろうとはしない。なのに草木のように、どんな強風にも耐えられるしなやかさがある。根っこが深く地中にあって、安定しているからだろう。

「さっさと牡丹を解放しろ。それから交渉だ」

「交渉の如何によっては、牡丹を解放しない。それがルールだろ」

将英も譲らなければ、王も譲らない。緊張感が二人の間を支配した。

「いいのか、完戸。このままでは、牡丹は一生、君の命を狙い続けるぞ」

「だから交渉の前に解放しろと言ってる。それともあれか、キーワードなんてものはないのか」

「……」

王は答えない。

すると志宣は突然王の前に立ち、ポケットから銃を取りだして王に向けた。

王の部下が、再びいっせいに銃を構えて、志宣を狙った。

「志宣、やめろ」

「いいんだ、将英。こんな呪われた体で生きていても意味がない。私の弱さが呼び寄せたことだ。責任は取る。王大龍、私をここで解放するか、それとともに死ぬか、どちらかを選択してくれ」

「いいのか。完戸も死ぬことになるぞ」

「将英が死んでも、その意志を継ぐ者はいる。我々は思想性のない暴力集団じゃない。王大龍、あなたが死んだら、野望の王国は崩れ去るだけだ。だが将英を支えるものは、すぐには消えない」

なぜなら将英が守ろうとしているものは、日本という国だからとは、さすがに志宣も言えなかった。だから違う言葉で、志宣は自分の思いを口にした。

「将英は自分だけが豊かになろうとしているんじゃない。裏側から、人々が豊かに暮らせることを支えている。そのために我が身を犠牲にしても、誰も称賛してくれないし、墓標名に書かれることもない。我々は……影だ。豊かさという光が作り出す、影なんだ」

「だからどうだというんだ。人は所詮一人、生きていられるのも一度きりだ。死んだら何も残らない。生きている間に、自分の王国を持って何が悪い」

「王しかいない王国なんて、意味がないじゃないか。空を翔る龍。強く思えるが、独りよがりにしか私には思えない。あなたは空からしかものを見られないんだ」

「牡丹、キーワードが欲しくないのか?」

王はサングラスをゆっくりと外した。そして帽子も取る。

あんなに美しかった王の顔は、醜い火傷で大きく違った印象になっていた。しかも焼けたのか、鳥の羽のように美しかった髪も、短髪になってしまっている。

「こんな姿にされたんだ。お互い様だろう。君のその美しい容姿が残っただけでも、喜ぶべきだ」

冷笑を浮かべると、王の顔は化け物じみて見えて、余計に凄みを増していた。

「キーワードを教える気がないなら、交渉は決裂だ。私は将英の家で、ライオンと一緒に鎖に繋がれて暮らすことにする。それでも構わない。将英はきっと、私を一生、大切に飼ってくれる」

志宣は銃を下ろすと、将英を見つめた。

「将英、もう行こう。交渉する意味がない。人質を取ったり、おかしな仕掛けをしないとやっていけないような男だ。交渉に値するような相手じゃない」

はっきりと志宣が言い切ったことで、将英は声を上げて笑った。

「はっは。俺の牡丹は、これでなかなか男気があってね。散り際も潔いってやつさ。悪いな、王。牡丹は温室で大切に育てることにする」

将英は立ちあがった。すると部下達は銃を取りだし、将英が無事に帰れるようにガードをした。

「待て……『和平演変』……人民の手による、人民の解放。それがキーワードだ」

突然、王の口から聞き慣れない言葉が出て来た。

将英は顔をしかめる。

「マジか？　引っかけじゃねぇの？　志宣、何かピンときたか？」

「……いや……」

二人は顔を見合わせる。

王はその様子を見て、せせら笑った。

「だったら牡丹、獅子に銃口を向けてみろ。私の呪いがまだ効いていれば、完戸は即座にあの世行きだ」

「それはあり得ない。私は、今は興奮していないので」

志宣が憮然とした様子で言うと、王はまたもや冷笑を浮かべた。

「興奮する必要などもうないだろう。君の心の中には、憎しみがいっぱいだ。木戸を潜って来る男。それは誰だ。父親か？　あるいは完戸かもしれない」

王の挑発的な言葉で、志宣の顔色が変わった。

「よせ、志宣。やつの挑発に乗るな」

「牡丹、いや、和倉葉志宣。君が殺したいのは誰だ。木戸を越えてやってくる、セックス目的の男だ。ほらっ、目の前にいるぞ。その男が」

「……」

志宣は再び銃を構え、何度も頭を振りながら銃口を将英に向けていた。

将英の部下達は、志宣に照準を向ける。ただエディだけが、胸の前で十字を切っていた。

「志宣…」

将英の声が聞こえていないのか、志宣の手は震え出す。

そして次の瞬間、志宣の銃は火を噴いた。

けれど撃った相手は、将英ではなかった。王でもない。志宣が撃ったのは、カーテンの陰に隠れていた男で、その手には銃が握られていた。

銃声を合図に、店内の方々でダンサー達の悲鳴が上がった。

天井に向かって、誰かが派手に銃をぶっ放している。店内を照らしていたライトがいくつも割れて、ボンボンと爆発するような音が響いた。

「交渉場所を知られるなんて、あんた、つくづく能のない帝王だな」

将英は王に対して毒づくと、立ちあがってホルスターから銃を取りだした。

「それともこれは約束どおりの展開か？　どっちにしても見損なったぜ」

そのまま将英は、志宣を守るようにして自分の後ろに隠した。

「どうした、まだ震えてるぞ」

「ひ、人を撃った」

「ああ、ありがとよ。お陰で命拾いしたな」

「う、撃ったんだ。生まれて初めて、人を…」

将英はそこで志宣をぎゅっと抱き締めた。

「怖がるな。ここは生きて、シーザーのところに戻ろう。あいつ、俺達が戻らなかったら、寂しさで死んじまうかもしれない」

「将英…」

「お袋さんに、台湾土産でも買うといい。そのためには、銃を撃つことも必要さ」

その部屋にいた全員が、外部からの侵入者に対して構える姿勢で、ゆっくりと外に出て行く。

「志宣、俺の後ろから離れるな」

「背後は私が守るから、安心していい」

「そうだな。国の税金で、そういう訓練も受けてるんだ。こういう時に使わねぇと、国家的損失ってやつだ」

こんな修羅場になると、将英は生き生きとしてくる。戦うことを運命付けられた者だからだ。

将英は的確に敵を、一人、また一人と撃っていく。王の部下も果敢に応戦していた。

その時、銃声が立て続けに五発響いた。

「将英、全員、裏から退避だ」

志宣は即座に命じた。

「インターポールが来たんだ」

「何だって」

「約束してあった。すぐに逃げろ」

将英は即座に、自分の部下達に命じた。

「撤退するぞ。インターポールだ」

「裏口が開放されているのは三分。響さんが約束を守ってくれれば、その間だけ逃げ出せる」

将英は先に部下達を裏口に急がせた。けれど王の部下達は、まだそんなことも知らずに応戦している。

「注意しろ。裏口にも敵がいるかもしれない」

先頭を切って逃げていたエディを、その時林が抑えた。

「いきなり飛び出すな、エディ」

「オー、ノーッ。最後尾、オーケー」

エディは将英と志宣が来るのを、そこで立ち止まって待っていた。

「ヘイッ、志宣。ミーもガン、撃つの大嫌いね」

「エディ…頭、下げろ」

大きな体ながら敏捷なエディは、ひょいっと身を屈める。その隙に志宣は、またもや背後から来る男を撃った。

「オーマイガーッ」

どすどすとエディは走り出す。将英と志宣は、エディに押し出されるようにして、裏口を飛び出した。

そこに目立たない白のバンが一台駐まっていた。ドアの横に、日本の観光会社の名前が書かれている。そこに男達はいっせいに乗り込んだ。

車は急発進する。

車内でもほっとすることは出来ない。いつ追っ手が近づくかもしれないからだ。

「響にこれで二回、借りが出来たな」

「返さなくてもいいよ。今頃、インターポールは狙ってたやつらを逮捕してる筈だから」

志宣は背後を振り返る。目にはいるのはタクシーばかりで、パトカーも不審な車も、追いかけてくる様子はなかった。

ダンスホールの銃撃戦は、マフィア同士の縄張り争いのように報道されていた。検挙された男達は、決して本名を明かさない。だが、一人、また一人と身元が明らかになっていって、台湾警察は日々、その対処に追われていた。

将英はそのニュースを読みながら、志宣がゆっくりと着ているものを脱いでいく様子をちらちらと盗み見る。

「『和平演変』、本当にそんな言葉だけなのか」

「さあね。王が嘘つきだったら、将英、悪いが温室に私用の部屋を用意してくれ。そんなにたくさんのものはいらない。テレビが見られるパソコンと、本が数冊。それに清潔なパジャマ。出来ればタオルは毎日換えて欲しいな」

「よせよ……それじゃ囚人みたいだ」

「覚悟は決めた。囚人と思うより、温室に植えられた牡丹だと思えばいい」

志宣の言葉に、将英は大きくためいきをついた。

「志宣を飼いたいとは何度も思ったけどな。まさか本当になるなんて」

「王が正直者だったことを願うよ」

逮捕者のリストに、王大龍の名前はまだない。黙秘を続けているのか、または逞しい生命力を駆使して、また逃げ延びたかだ。

「将英、どうした。結果を確かめるのが怖いのか？」

裸になった志宣は、目の前にぶら下がる鎖を掴む。

「心配なら、これに繋いでくれてもいいいんだ」

「いや……」

将英は派手なベッドカバーを掛けられた、円形のベッドに座り、着ていたTシャツを脱ぎ始めた。

「木戸を開ける男か。もしかしたら本当のキーワードは、あれだったのかもしれない。子供だった私は、木戸を通って家にやってくる父が、母に対してしていることに気がついて、いつか殺意を抱いてたんだ」

「……」

「セックスだけが目的で、母は飼われていた。そう思っていたんだな」

志宣はすべて脱ぎ捨てると、手足の牡丹に視線を注いだ。

牡丹の一部はまだ未完成で、綺麗な色が入らない、ただの筋彫りだけになっている。

「今はそう思わない。母は、飼われて満足していたんだ。あの人は、一人で逞しく生きていけるような人じゃない。父もそんなところに惹かれたんだろう」

「どうした。やけに物わかりのいい男になったじゃないか」

「よくもなるさ。私もいろいろな経験をしたから」

志宣の顔が暗くなりかけたので、将英はその手を引いてベッドに無理矢理横たえた。

「強くなってくれ、志宣。俺達は、これからずっとこうやって修羅場を生き抜いていかないとならないんだから」

「分かってる……」

志宣は将英に抱き付き、その胸に顔を埋めた。

「将英」

「何だ」

「将英の髭を剃りたい。髪も切ってやりたい。あんなおかしな呪いがなかったら、すぐにでもしてやれるのに」

「そういえば髪、だいぶ伸びたな」

指で髪をかき上げながら、将英はふっと笑った。

「王の髪、いつか伸びるといいな」

「えっ」

「あいつは見栄っ張りだから、鬘《かつら》なんて我慢が出来ないだろう。顔を治すのはやるだろうが、まさか鬘まではな」

「王が逃げたことを、願ってるんだろう」

志宣に言われて、将英は素直に頷いた。

「ああ、逃げて欲しいな。傷だらけになって、地面に落ちてのたうち回って苦しんで、それでもまた空に上がったら、それは本物の証拠だ」

「本物…」

「悪がはびこるのは、国が豊かな証拠だ。やつが吠えていられるうちは、アジアの経済も安泰ってことさ。まずは目の上にいるやつらを蹴散らして……そして今度は、自分がトップになって、俺に挑戦してこい。その時は、また受けてやる」

将英が親友の健闘をたたえるように言ったので、志宣は嫉妬した。

「あんな男の挑戦を待つなんて」

「どうかしてると言いたいか？　そうだよな。俺はどうかしてる」

「私は妬いてるんだ」

ぷっと将英は噴き出す。そして志宣の体に、いつものように情熱的なキスを捧げた。

「妬くなんて可愛い真似をしてくれるのは嬉しいが、相手はあの王だぜ。ありえないだろ」

「そうかな。男同士の関係は、何もセックスすることだけじゃない」

将英の肩に手を触れた志宣は、悲しげな声になっていた。

「こうして将英を独り占めすることで、私のことを快く思わない人もいるんだって分かってる。でも彼らは、こんなことをしなくても、将英に大切にされるんだな」

「よせよ。意味が違う。やつらは共に戦う仲間だ。そして志宣は、共に生きる相手だ」

「ありがとう、将英。愛してるよ」

志宣の手が、ついに唐獅子の上に被さった。

「賭の時間の始まりだな。志宣……何も遠慮することはない。俺はお前程度の男に、あっさりと寝首をかかれるほど柔《やわ》じゃない。思いきり楽しんで、思いきり乱れてくれ」

「安心していいのかな」

「ああ、スリルがあっていいことだ。お前に巡り会うまでは、いつだってセックスの相手に命まで狙われてたからな。それはそれで楽しいさ」

将英はそう言うと、もう何も話すことなどないというように、志宣のその部分に顔を近づけていった。

「あんっ…」

最初の軽いキスだけで、志宣の口からは甘い吐息が漏れる。将英はそんな志宣の反応を楽しむように、さらに唇で優しく志宣のものを嬲った。

「んっ……んんっ…将英……いつもよりずっと優しい」

修羅場を潜ってきたからこその優しさだった。将英は志宣が自分の命を救ったことを、決して忘れはしない。

それがこんな形の優しさでしか返せないのが、むしろ物足りないくらいだった。

「ああんっ……あっ…ああっ」

志宣の体から力が抜けていく。将英の舌は、さらに志宣を狂わせようと妖しく蠢いた。

「ああ、将英、いい……いいよ、将英……ああっ」

そろそろだなと、将英は志宣の乱れ具合を見ながら構える。

今日は鎖で繋がれていない。志宣の手は自由に泳いで、将英の体を撫で回す。

「将英……してあげたい。同じように、将英にもしてあげたいのに」

そこまで信頼するのは難しい。男達は好んで相手の口を使いたがるが、そこには恐ろしい危険が潜んでいる。相手に殺意があれば、咬み切られることだってあるのだ。

絶対的服従の印として、男達は口での奉仕を求めるのか。

愛情などなくても、行為そのものは出来る。けれど愛が伴うことで、その行為がどれだけ甘美なものになるかは、経験したものでなければ分からない。

甘い時間は、ただ甘いだけではない。どこか切羽詰まった苦しさがあって、それがまた特別な感慨を呼び起こすのだ。

「将英……いきたい」

いきたいと願う言葉が、将英にはなぜか生きたいと聞こえた。

そうだ。生きているからこその、楽しみなのだ。いつ死んでもいいというのは、本心じゃない。

やはり本心では、まだまだ生きたいと願っている。

将英は志宣の中に入る準備を急いだ。

「まだ……自分がいる。将英、抱きたい。抱かせてくれ」

志宣のこんな懇願は、何度繰り返されただろう。その度に裏切られてきた将英だったが、今夜は許すことにした。

その部分を繋げて、さらに二人はきつく抱き合う。

「将英、待たせてごめん。やっと君の唐獅子に牡丹が届いた」

「そうみたいだな。まだ出来上がってないってのが、つらいとこだが」

「それでもほらっ…」

志宣はベッドの脇のスイッチを押した。すると天井が開いて、一面の大きな鏡が姿を現す。

「こんな仕掛けがあったなんて、いつ気がついたんだ」

将英のほうが驚いている。

「偶然だよ。でもこんなものが必要になるとは思わなかったから、わざと黙ってた」

志宣はおかしそうに笑いながら、足をわざと将英の背中に絡めた。

「ほらっ、見てごらん」

「俺が見られるわけないだろう」

「残念だね。唐獅子が嬉しそうにしてるのに」

志宣はくすくすと満足そうに笑うと、今度は手を様々な位置にあてがった。

「こうしてると、本当に牡丹が寄り添ってるみたいだ」

「寄り添ってるだろ」

将英は志宣に変化がないと知ると、大胆に足を開かせて、本格的に攻め始めた。

「あっ……ああっ…」

志宣は生まれて初めて、自分が乱れる様子をしっかりとその目で見つめた。

思っていたよりみっともなくはない。そう知ると安心してきて、志宣は大胆になって、将英のさらに激しい攻撃を誘った。

針の先にインクを付けて、すっと肌に差し込む。するとインクが肌に染みこんで、生涯落ちることなく安定するのだ。

刺青の歴史は古い。有史以前から、人はその肌に染料を染みこませ、時には団結の証しとし、時には罪人の印とした。

元は墨一色だった刺青も、今ではカラーインクを使用することで、かなりの色を彫り込める。牡丹の赤、葉の緑。すべてが、まるで紙に描かれた絵画そのままだった。

「まだ痛いですか？　それとももう慣れましたか？」

池上は志宣の顔色を窺いながら訊ねる。

「もう慣れました。人間っておかしなものですね。痛みを知らない間は、痛みが恐怖になる。けれど痛みを知った後は、そんなもの、怖くも何ともなくなってしまうんだから」

志宣は日本に戻ってからの静かな日々の中で、池上との再会を何よりも嬉しく感じた。

牡丹は完成に近づいている。志宣は足に刺さる針の痛みに耐えながら、生きているからこその痛みだとじっと耐えた。

「あなたは不思議な人ですね。覚えてらっしゃらないかもしれないが、普通はあんな場所に連れて行かれて、無理矢理刺青を彫られたら、抵抗したり気落ちしたりするもんですが」

「……気落ちはしませんよ。いずれ彫るつもりでした。あんな状況だったけれど、結果、こうなったことで、むしろよかったと思っています。私は、彼に後押しされたんですよ」

「そう考えられるところが、普通じゃありません。運命をそのまま受け入れる。簡単なようで、難しいことです」

褒められたのだろうか。志宣は答える言葉が分からず、押し黙った。

志宣はじっとしたまま、池上の家の壁に貼られた、これまでの作品の写真を見た。

龍、虎、般若、菩薩、そして唐獅子。様々な絵柄が、それぞれの人間の体で息づいていた。

「男にしちゃ、綺麗な肌だ。出来ればこのまま、綺麗に歳を重ねてください」

「……ええ……それが出来ればいいけれど」

志宣は自分の腕に咲いた牡丹を見つめる。

この腕は、獅子を抱くためにある。もし獅子を抱くことが出来なくなったら、その時はひっそりと散ろうと思った。

「名前、彫っていいですよ」

「ありがとうございます。花の間に、小さな蝶を飛ばしてます。その羽に、字には見えないような感じで入れますから」

「粋ですね」

「分かっていただけて嬉しいです」

静かな時間が流れる。初冬の日暮れは早い。いつか外は暗くなり、往来の人声も少なくなった。

「これで終わりです。長い間、お疲れ様でした」

「もう終わりなんですか。こちらこそ、ありがとうございました」

新しく彫った場所を晒しで覆うと、池上はそのまま道具を片付け始める。志宣は身仕舞いを整えて、襖を開いて玄関に向かおうとした。

「あっ」

控えの狭い部屋で、将英が大の字になって寝ていた。髪は相変わらず乱れ、無精髭が目立つ。それでも変わらず、将英はいい男だった。

「終わったよ。こんなところで寝ていたら、風邪引くだろ」

「んーっ、んん……どうだ。綺麗に彫れたか？」

「池上さんの仕事に間違いはないさ」

「それじゃ、帰るとするか」

将英はがばっと体を起こすと、道具を片付けている池上に声を掛けた。

「代金が多くても、文句は言うなよ、先生。いろいろと揉め事に付き合わせちまったから、迷惑料だと思ってくれ」

「いいえ、そんなに気を遣われなくてもよろしいですよ。いい仕事をさせていただきました。こちらも感謝しているくらいです」

謙虚な態度の池上に、将英は封筒に入った札束を押しつけて、そのまま玄関に向かってしまった。

急いで将英を追って外に出た志宣は、吹き付ける北風に顔をしかめた。

「寒い」

「日本の冬は寒いもんだ。もっと寒いところだってあるけどな」

将英はチェロキーのドアを開き、志宣を先に乗せようとした。けれど志宣は立ち止まり、暮れてしまった空に視線を向けていた。

「何だよ」

「月が…」

満月には満たないが、丸く大きな月が頭上に輝いていた。

「月を見て喜ぶような歳でもないだろ」

将英はわざと怒ったように言った。

「綺麗だ。また来月も、こうして月を見られるのかな」

「ああ、見られる。命を惜しんでるうちに、気がついたら、東雲の親爺みたいに、長生きしちまうかもしれない」

「そうだな」

将英の育ての親、右翼の大物の東雲叡山が死んだのは、病院のベッドだった。命を狙われ続けた男だが、彼を殺せたのは結局ありふれた病だった。

それと同じように、将英の死もずっと先で、やはりありふれた病が原因かもしれない。

「家に帰ったら、月見しながら風呂に入るか」

将英は優しく言うと、志宣の額に掠めるようなキスをした。

「獅子のやつ、早く牡丹に抱かれたいとうるせぇんだ。急いで帰ろう」

「そうだな。月を見ながら…」

志宣は美しい獅子が、牡丹の花畑で月を見ている場面を思い描く。

その様子は実に幻想的で、美しいものだった。

一年後……


和倉葉の家の庭には、いつの間にか牡丹が多数植えられていた。その牡丹が大輪の花を咲かせる頃に、志宣の父が亡くなった。

訃報を届けてくれたのは、和倉葉の家に下宿している留学生だ。志宣は知らせを受けて、急いで駆け付けたが、父の臨終には間に合わなかった。

葬儀には出ようと家に戻ったが、玄関に立った瞬間、何かが変わっていると感じた。

何が違うのだろう。

庭先の牡丹の華やかさが、そのまま家の中にも広がっているようだ。暗いが落ち着いた雰囲気の家は、妙な明るさに変わっている。

「ママ、気を落とさないで……ビッグパパは偉大な方でした。みんなが敬意を示します」

「そうだよ、ママが暗く悲しんでいたら、僕らも悲しい」

おかしなイントネーションの声が、居間から聞こえる。

「みーっ」

相変わらず、真っ先に出迎えてくれたのは猫だった。

「みー、元気そうだな。少し太った？」

小柄だと思っていた猫は、何だか丸々としている。志宣は黒のスーツに毛が付くのも構わず、猫を抱き上げてから家に入った。

「ただいま」

居間では、ソファに座った喪服姿の母が、三人の異国の男達から慰められていた。

「まぁ、しのさん。帰ってくれたのね」

母はぱっと顔を輝かせて志宣を見る。その顔は決して老け込んでいなくて、むしろ以前より若々しいくらいだった。

「遅くなりました」

遅くもなる。志宣がいるのは、将英の家ばかりとは限らない。東南アジアから時にはアメリカ、ヨーロッパまでと広い範囲に及んでいるのだ。

「元気そうね」

涙を浮かべて母は、志宣のスーツの襟元にそっと手を触れた。

「元気ですよ。なかなか帰れなくてすいません」

母には嘘をついている。インターポールで働いているなんて、いずればれるような嘘だった。

けれど出来ることなら、このままずっと母を騙し続けたい。

右翼の大物、荒ぶる獅子と行動を共にしているなんて知ったら、母は驚くだろう。しかも今ではアジアの暗黒街で、『牡丹』と志宣は呼ばれている。

そんな事実まで知ったら、せっかく生き生きとしている母が、またもや病気になりそうだった。

「お父さんの葬儀は、盛大なものになりそうですね」

「ええ……そうね」

母は悲しそうな顔になった。

あなたは飼い主を愛していたんですか。

志宣はそんな言葉を、思わず思い浮かべる。

「安らかにお眠りになったの。何日か前にしのさんのこと訊ねてましたよ。どこにいるんだって。だから警察のお仕事でとても遠いところにいますと教えたの。そうしたらもう辞めさせなさいって」

「そうですね。そうしたいけれど、当分は無理なようです」

将英の側を離れることは、もう一生出来ない。今、志宣にとって何よりも大事なのは母ではない。

将英なのだから。

「ぼっちゃま、警察の方がお見えですけれど」

お手伝いのまつえが、志宣に声を掛けてくる。

「誰だろう」

警察は依願退職した。僅かの退職金が出たが、殉職した警察官の子供達の学資にする寄金に、すべて寄付してしまった。

拉致されてから、御茶の水署にも足を運んでいない。すべて響が代行してくれたことを思い出しながら、志宣は玄関に出た。

「響警部…」

そうではないかと予想はしていた。懐かしい響の姿を前にして、志宣は深く腰を折って挨拶した。

「すっかりご無沙汰いたしております。その節は、いろいろとありがとうございました」

「いや、よければ外で話さないか。ここではまずいだろう」

「はい」

志宣は急いで靴を履き、響の後に従って庭に出る。

「牡丹が見事だ」

「そうですね。以前はなかったんですが……」

きっと将英が、志宣に内緒で植木屋をここに寄越したのだろう。そんな粋な部分もあるのが、将英という男なのだ。

「あれ……」

本宅に続く坂道に、ずっとあった木戸がなくなっている。

キー、バタン。耳にはまだ木戸を開閉する音が残っているというのに、跡形もなく木戸は消えていた。

「あれから一年か……。あんなに協力してもらったのに、未だに王を逮捕出来ずにいる。いやな思いまでさせた君には、すまないと思っている」

今度は逆に、響のほうから頭を下げてきた。

「いえ……私達ももっと協力出来たらよかったのですが」

銃撃戦の争乱の中、王はしぶとく生き延びた。

だからこそ王大龍なのだろう。地上でどんなに狩ろうとしても、空に上がってしまった龍は捕らえられない。

再び天空に舞った龍は、地上を見下ろし、あたふたとしている人間を嘲笑っているのだろうか。

「完戸は元気かって、訊くまでもないな。君が元気そうだから」

「はい、お陰様で」

そう言ったものの、将英だっていつも元気とは限らない。時には岩場から落ち、時にはナイフで軽く傷つけられたりしている。

そんなことを思いながらも、志宣の視線は木戸のあった場所にまた戻っていた。

将英を殺したいという呪いは解けたが、志宣はずっと父を殺したいという呪いは解けないのではないかと思っていた。

解けたかどうか確認する勇気もないまま、気がついたら父は亡くなっていた。もう殺さないです む。残酷なようだが、そのことで志宣はほっとしている。

「公営カジノの認可が下りそうだ」

広々とした庭を見渡しながら、響はぼそっと口にした。牡丹が見事だと言われたのと同じ口調だ ったが、内容は志宣にとっては重要なものだった。

「ついにですか」

「ああ、だが一部の人間しか知らない。和倉葉さんは、真島さんと組んで自分達の和倉葉グループ で進めたかったんだろうが」

響は坂の上の本宅を見上げる。主が亡くなったが、変わらず堂々と周囲を睥睨するように建って いた。

「完戸はこれから大変だな」

「……でも、これでやっと表舞台に立てます」

志宣は言いながら、目頭に熱いものが溜まっていくのを感じた。

「将英と一緒にいるようになって、彼がどれだけ命を削っているか知りました。なのに誰にも称賛 されず、正当な地位も与えられないままです」

将英のことを思うだけで、志宣の胸はこうして妖しく高鳴り、涙を浮かび上がらせる。離れることなく側にいても、それは変わることはなかった。

「どうすることも出来ないな。そういった存在がいなければ、日本はいいように外敵に食われてしまう。けれど警察は、表だって動くことも出来ない」

「分かっていますが、いずれは将英にも、日の当たる場所を歩いて欲しい。彼ほど太陽の似合う男はいないと思っていますから」

「ライオンだからな。熱い太陽が似合うんだろう。だけど和倉葉君」

「……」

「牡丹って花はね。あまり強い日光には弱いらしい」

「そうなんですか」

「ああ、程よく日陰を作ってやらないといけないらしい」

そういえば庭の牡丹の上にも、葦簀を張った簡単な屋根が設えてあった。

「姿は見えないままだが、王はいよいよ中国マフィアのトップに立ったらしい。いずれ、日本の公営カジノにも、何らかの形で乗り込んでくるだろう」

響は一番それが言いたかったことなのか、後は何も言わずに志宣の肩に手を置いた。

そして軽く叩くと、そのまま黙って立ち去った。

志宣はまた深く腰を折り、響を見送った。

「ぼっちゃん、そろそろお寺にまいりますよ。みんなも、ほらっ、出なさい」

まつえにせかされて、異国の三人の若者も外に出てくる。

「みーはお留守番よ」

母も出てくる。全員が外に出て、タクシーにそれぞれ乗り込もうとした時だ。

「あっ、先に行っていてください」

志宣は素早く皆の側を離れて、家の門まで戻った。

黒のスーツの男が、隠れるようにして立っている。けれどどこに隠れても、その華やかな容姿のせいで目立ってしまうのだ。

「将英、来てくれたのか」

「見たか？　庭の牡丹」

「ありがとう。やはり君だったんだ」

「いや……俺じゃない」

「えっ……」

驚く志宣を見ながら、将英はゆっくりと煙草を銜える。路上の喫煙禁止なんてなんのそので、将英はそのまま火を点けた。

「いったい誰が……父だろうか」

「いや…」

将英は黒スーツのポケットから、一枚の紙を取りだした。その図柄には見覚えがある。

片足のない龍が、金のインクで印刷されていた。

けれど今回はそれだけではない。空翔ける龍の下、地上には牡丹の花のイラストが添えられていて、さらには獅子の姿も描かれていた。

「そんなもの見たくない」

「そうだな。これは新たな挑戦状なのか……それとも和平の申し出なのか」

将英はライターで、その紙に下から火を点けた。

「王が生きてることだけは、これではっきりしたな」

「ああ、やつはサイボーグだから、そう簡単には死なないんだろ」

「冗談にならないよ」

二人は笑い合いながら、玄関先で灰になっていく一枚の紙を見つめ続けた。

「わざわざ私の家に牡丹の木を届けたのか。また脅してきたんだろうか」

「それともなければ、二人で過ごした秘密の夜の思い出になんて、粋なことをしたつもりかもしれない」

「そんな事実はないよ」
志宣は怒ったように言ったが、将英が本気で言っていないことはすぐに分かった。
「公営カジノ、認可されるらしいね。忙しくなるな」
「ああ、そうだな。ルーレット、スロット、カード。毎日がカーニバルだ」
将英は志宣の肩に手を置いて歩き出す。二人が行く先には、黒のベンツのリムジンが駐まってい
て、運転席ではエディが志宣に向かって、アメイジング・グレイスを歌っていた。
「東京のホテルの年間稼働率は上がり、航空会社も便を増やすほど忙しくなる。土産物屋には、チ
ープな日本土産が溢れ、景気が上向いたかのような錯覚が起こるが」
リムジンに到着すると、将英は恭しくドアを志宣のために開いた。
「だけど裏では、金を失い自殺する人間が出てくる。金貸しは懐を肥やし、ヤクザは高級車を乗り
換え、裏通りでは異国の女達が、金を稼ぐために足を開く」
志宣が乗り込むと、将英も続けて乗り込む。エディはもう一度最初から、物悲しい歌を歌い始め
た。
「いいことばかりじゃない。正義も悪もないのさ。あるのは儲かる人間と、失う人間。笑うやつと
泣くやつばかりだ」
それでも将英は、自分を捨てた父のために働く。

「君の木戸もいつか壊れるといい…」

志宣の謎の言葉に、将英は一瞬顔を曇らせた。

「呪いから解放されたら……君は本物の帝王になれるんだ」

志宣は将英がじっと自分を見つめていると知りながら、わざと窓の外に視線を向ける。

遠くに本宅が見えたが、そこから来る男はもういない。

志宣には、もう何も恐れるものはなくて、ただ愛しいだけの男が、傍らにいるばかりだった。

END

■あとがき■

皆様、数年ぶりで、なぜか『ライオンを抱いて』の続きです。もちろん前作を知らなくても、楽しんでいただけるように頑張ったつもりですが、この機会にまだ未読の方は、どうぞよろしくお願いいたします。


さてさて、物語のキーワードは刺青ですが、ここで蘊蓄を一つ。

自ら入れた、アートのものは刺青。

そしてその昔、罪人の印として入れたのが入れ墨。

何だそうでございますよ。同じ意味の言葉でも、実はそこに深い意味があったのでございますね。

最近は電子針ってやつで、いとも容易く出来てしまうようですが、これがまた彫り師の腕によって、出来上がったのが龍なのかツチノコなのかって具合なんですよね。

となると、下手なやつをいれたら、一生、河馬だか獅子だか分からないのと付き合わないといけなくなってしまうんですよね。

その昔、実際に刺青を彫ってるところを取材しました。やはり痛いらしくて、いつもは元気な知り合いのお兄さんも、脂汗流してじっと神妙な顔してましたわ。

だからですね。刺青は別名、我慢とも申します。

もちろん入れてるのは男性ばかりじゃございません。女性がそんな痛いことを、とお思いでしょうが、これが意外と女性のほうが我慢強いんだそうです。

では私も腕にゴジラを…あら、針が入らない。次々と折れていくわ……。

そんなことになりそうなので、やっぱりやめておきましょう。


そしてもう一つのキーワードは牡丹。

そういえば薔薇とぼた…んとかの、ドラマがあったような。

はははは、本当に綺麗な花でございますよ。立てば芍薬、座れば牡丹と、美人を形容する時にも使われますが、大輪のしかも何層にもなった花びらが開く様子は、とても言葉に書き表しようもない美しさです。

けれどこの牡丹。毎年咲かせるには、結構手入れが大変でして。

えっ、また見てきたように嘘を書きだと思ってますか。

いえいえ、本当に牡丹を鉢で育てていた時もあったのですよ。今ほど忙しくなかった時ですけれどね。
まぁ、どんな花でもそうですが、やはり散り際は少し悲しいです。花びらがずるずると散ってい
き、すると残った葉がなんとなく寂しげに見えたりもいたしまして。
本来なら、男性で牡丹だけを入れるなんてことはありえないでしょう。しかも手足だけになんて。
神様は、私にものを書くことを許してくれました。様々な物語を書き連ねてまいりましたが、こ
の手足に牡丹の入れ墨というのは、突然、脳内にふーっと湧いて出て来たのです。
ライトグラフⅡ先生のイラストを初めて拝見した時、自分でそう文章で書いておきながら、あま
りの見事さに思わずふーっとため息がもれました。
何と素晴らしい牡丹でしょう。
きっと将英でなくても、こんなことをされた相手の男は、魂を捧げたくなるに違いありません。

そしてライオン。
ああ、美しい百獣の王、ライオン。
やっぱり猫族の大王、ライオン様にはラブラブですわ。
今でも訪れた観光地にサファリなんちゃらがあれば、喜んで見に行きます。

ライオンは寝ていてもライオンなんです。堂々としていて、実に素晴らしい。そしてその素晴らしさが、牡に余計感じられるところが、ツボなのでございます。


今回もまた、いろいろとご迷惑おかけしました。

なのにご尽力いただきました皆様に、心より感謝いたします。

ライトグラフⅡ先生。本当にごめんなさい。なのに素晴らしいイラストをあげていただき、感謝に堪えません。

刺青、一人だけでも大変なのに、二人に増えちゃいましたぁ。本当にごめんなさいです。

そして担当様。地球の裏側に届くくらい土下座。

二冊目を書かせてくれて深謝いたします。

読者様。中にはこれを待っていてくださった方もいらっしゃると思うと、多忙な日々も乗り切れます。

本当にありがとうございました。

剛　しいら拝

この本を読んでのご意見、ご感想をお寄せ下さい。
作者やイラストレーターへのお手紙もお待ちしております。

あて先

〒171-0021　東京都豊島区西池袋3-25-11 第八志野ビル5階
（株）心交社　ショコラノベルス編集部

牡丹《ぼたん》を抱いて

2006年11月20日 第1刷

著　者：剛しいら
発行人：林 宗宏
発行所：株式会社　心交社
〒171-0021 東京都豊島区西池袋3-25-11
第八志野ビル5階
（編集）03-3980-6337（営業）03-3959-6169
http://www.shinko-sha.co.jp/
印刷所：図書印刷 株式会社